प्रेम नगरी

(कहानी-संग्रह)

प्रेम नगरी

सात लेखकों की दस कहानियाँ

Kahaniya

हिन्द युग्म

ISBN : 978-81-946538-7-5

प्रकाशक:
हिंद युग्म
सी-31, सेक्टर-20, नोएडा (उ.प्र.)-201301
फ़ोन- +91-120-4374046

कला-निर्देशन : विजेन्द्र एस विज

पहला संस्करण : 2021

Prem Nagari
A collection of short stories

Published By
Hind Yugm
C-31, Sector-20, Noida (UP)-201301
Phone : +91-120-4374046
Email : sampadak@hindyugm.com
Website : www.hindyugm.com

First Edition : 2021

प्रेम नगरी की यात्रा

इस किताब को बनने और छपने की जो प्रक्रिया रही वह दिलचस्प थी, और उसमें भी नाम सुझाने व भूमिका लिखने की ज़िम्मेदारी मेरी थी। नाम सोचते समय हालाँकि कई नाम सूझे पर अंततः 'प्रेम नगरी' पर आकर दिल अटक गया। अब 'प्रेम नगरी' ही क्यों, यह बात कई लोग सोचेंगे, तो उनके लिए बता दूँ प्रेम नगरी इसलिए क्योंकि इस संग्रह में जितनी भी कहानियाँ हैं उनका स्टॉप एक ही है, वह है प्रेम। यानि सब प्रेम कहानियाँ हैं और इस तरह बुनकर तैयार हुई हैं कि कहीं आते-जाते भी वे एक जगह ठहर जाती हैं और जिस जगह ठहरती हैं, उसी का नाम है प्रेम नगरी।

'प्रेम नगरी' को किताब के रूप में आते-आते थोड़ा समय लगा। ऐसा इसलिए हुआ क्योंकि इसके बनने की प्रक्रिया कई चरणों में हुई। सबसे पहले कहानियाँ द्वारा लॉन्चपैड का आयोजन किया गया जिसमें प्रतियोगिता के ज़रिये रचनाएँ आमंत्रित की गईं। फिर चयन प्रक्रिया शुरू हुई और अंततः ये दस कहानियाँ इस साझा संग्रह के लिए चुनी गईं।

इस संग्रह में सात अलग-अलग लेखकों की कुल दस कहानियाँ हैं जिनमें उन्होंने अपने जज़्बात को बेहतरीन ढंग से उतारा है। 'सनोबर' के रूप में पहली कहानी लिखी है डॉ सुभाष जोनवाल ने। उनका परिचय पढ़ने के बाद यह कहानी आपको सच के बिल्कुल क़रीब लगेगी। या हो सकता है कि सच हो भी।

प्राची राठौड़ ने अपनी एक कहानी में दिखाया है कि कैसे केवल कुछ चीज़ें आपको किसी की याद तक ले जाती हैं। इस कहानी में आपको

होमोसेक्सुअलिटी की झलक भी देखने को मिलेगी। प्राची ने अपनी दूसरी कहानी में दोस्ती और प्रेम के अंतर्द्वंद्व को दिखाया है, जिसमें मानवीय भावनाओं और रिश्तों को एक सीमा में रखने की कोशिश की गई है।

चंद्रकांता की दोनों कहानियों में प्रेम की पराकाष्ठा दिखाई देती है। एक ओर जहाँ वह दो मज़हबों के मेल को दिखा रही हैं, तो वहीं उनकी दूसरी कहानी में पारिवारिक अंतर्द्वंद्व निकलकर सामने आता है।

अंचल सक्सेना ने अपनी कहानी के माध्यम से धर्म पर प्रेम की विजय को बख़ूबी दर्शाया है। एक तरह से उन्होंने प्रेम में जीने-मरने की कसमें खाने वालों की दास्तान लिख दी है।

'सखी' के रूप में आशीष शर्मा ने बेहतरीन कहानी लिखी है, जो एक दुखांत कहानी है, लेकिन फिर भी प्रेम की परिपूर्णता से भरी हुई है।

अनुराग दुबे ने कहानी में करन के रूप में प्रेम में पड़े युवा वर्ग की उस जद्दोजहद को बहुत अच्छे से दिखाया है जहाँ वह पहले तो प्रेम के इज़हार की कोशिश कर रहा है और दिल की बात कह देने के बाद उसे जवाब मिलने का इंतज़ार है।

डॉ गौरव यादव की पहली कहानी में आकांक्षा के भदोही से लखनऊ तक के एक रात के सफ़र की दिलचस्प दास्तान है। 'इश्क़ सफ़र' में एक अजनबी का सफ़र के पूरा होने पर अपना-सा हो जाना कहानी का ख़ूबसूरत हासिल है। दूसरी कहानी में हमें एक छूटे हुए प्रेम और गौतम के टूटे हुए दिल में फिर से उम्मीद की रौशनी दिखती है। यह कहानी इस यक़ीन को बढ़ा देती है कि खोया हुआ प्रेम किसी मोड़ पर मिल भी सकता है।

किताब की सभी कहानियाँ सुंदर हैं और पाठकों की कसौटी पर खरा उतरने का दम रखती हैं। अब यह किताब आप सभी के हवाले है। आइए चलते हैं प्रेम नगरी की यात्रा पर...

अंकुश कुमार

कहानी-क्रम

डॉ. सुभाष जोनवाल

डॉ. सुभाष जोनवाल पेशे से एक कैंसर स्पेशलिस्ट हैं। रेडिएशन ऑन्कोलॉजी में MD करने के बाद जोनवाल वर्तमान में 'मेडिकल ऑन्कोलॉजी एवं बोन मैरो ट्रांसप्लांटेशन' में सुपर स्पेशलाइजेशन कर रहे हैं। देश की विभिन्न पत्र-पत्रिकाओं में इनकी रचनाएँ प्रकाशित हो चुकी हैं और देश की अनेक सामाजिक-साहित्यिक संस्थाओं ने इनको सम्मानित भी किया है। डॉ. सुभाष 'हयात शहर' नाम से ब्लॉग भी संचालित करते हैं। इनका कहानी संग्रह 'हयात शहर और एक नज़्म लड़की' डिजिटल प्रिंट (किंडल) फॉर्मेट में अमेज़न पर उपलब्ध है। शीघ्र ही इसका पेपरबैक संस्करण प्रकाशित होगा।

जन्मतिथि : 11 जनवरी, 1988
पैतृक निवास : सेवरा की ढाणी, बसवा, जिला- दौसा (राजस्थान)
दूरभाष : 8104509296
ईमेल : dr.ssubhashajmer09@gmail.com
फेसबुक : https://www.facebook.com/subhash.jonwal.1/

सनोबर

नूरजहाँ की बारहदरी के ठीक उत्तर में स्थित है विक्टोरिया हॉस्पिटल। विक्टोरिया हॉस्पिटल शहर का सबसे बड़ा ख़ैराती हॉस्पिटल है। हयात शहर के ग़रीब और बेसहारा लोगों के लिए श्मशान जाने से पहले एक आख़िरी उम्मीद। वैसे बाक़ी ख़ैराती अस्पतालों से इतर यहाँ के डॉक्टर लोग काफ़ी अच्छे हैं।

आज सुबह से ही वॉर्ड नं. 33 में काफ़ी गहमागहमी है। वॉर्ड नं. 33- कैंसर वॉर्ड। सीनियर रेज़िडेंट सुबह का राउंड लेकर वापस ओ.पी.डी. में लौट चुके हैं। जूनियर डॉक्टर ड्यूटी रूम में मरीज़ों का आज का ट्रीटमेंट प्लान लिख रहे हैं। कैंसर मतलब कर्करोग- सुनने में तो लाइलाज रोग है, पर ऐसा नहीं है। मरीज़ अगर शुरुआती स्टेज में ही पूरा इलाज ले तो कैंसर का पूर्ण उपचार संभव है। पर जैसा कि पूरे भारत में होता है, मरीज़ सबसे पहले झाड़-फूँक वाले ओझा के पास जाता है, वहाँ आराम न मिला तो मोहल्ले के झोलाछाप के पास। अगर वहाँ भी इलाज नहीं हुआ तो आयुर्वेद, होम्योपैथी से होते हुए सबसे आख़िर में एलोपैथी तक पहुँचता है। उस हालत में हमारे पास ज़्यादा ऑप्शन नहीं बचते। वजह- तब तक कैंसर पूरे शरीर में फैल चुका होता है। फिर भी हम लोग दिन-रात लगे रहते हैं।

मैं ट्रीटमेंट फ़ाइल सिस्टर को सौंपता हूँ।

“दस नंबर के कीमो लगनी है, सात नंबर के Ondensetron ऐड किया है TDS, दो नंबर के एनिमा, बाक़ी सब CST.।”

TDS मतलब ‘दिन में तीन बार’ और CST मतलब Continue Same

Treatment. मैं वापस ड्यूटी रूम में आ गया। थोड़ी देर बाद सिस्टर ड्यूटी रूम में आती है।

"सर! ग्यारह नंबर Back Pain की कम्प्लेन कर रहा है।" सिस्टर बोलती है।

"उसके तो मॉर्फीन चल रही है ना?"

"हाँ सर... सर वो वी.आई.पी. पेशेंट है। किसी आई.ए.एस. का रिश्तेदार है, आप एक बार देख लेते तो ठीक रहता।"

"ठीक है, मैं देखता हूँ।"

मैं ग्यारह नंबर मरीज़ को देखता हूँ और ट्रीटमेंट रिवाइज़ करके वापस ड्यूटी रूम में लौट आता हूँ। थोड़ी देर बाद ग्यारह नंबर बेड के पास सिटिंग बेंच पर बैठी लड़की ड्यूटी रूम में आती है।

"मरीज़ क्या लगता है तुम्हारा।" मैंने पूछा।

"वो मेरे बाबा हैं, आई मीन- पापा।" वो बोलती है।

"तुम्हें पता है उन्हें कौन-सा कैंसर है?"

"जी पता है, मल्टिपल मायलोमा।"

"देखो, यह एक तरह का ब्लड कैंसर है, जिसका पूरा इलाज संभव नहीं है, सिर्फ़ रोकथाम की जा सकी है।"

"लेकिन दर्द का तो कोई इलाज होगा।"

"हमारे शरीर में ब्लड सेल्स हड्डियों की marrow में बनती हैं। पर इनके marrow में नॉर्मल सेल्स न बनकर कैंसर सेल्स बन रही हैं और यही इनके दर्द की वजह है। हम दर्द के लिए अभी मॉर्फीन दे रहे हैं, बाक़ी कीमो लगने पर दर्द में आराम आ जाएगा।" मेरे जवाब से संतुष्ट होकर वह जाने लगती है।

"रुको!" मैं आवाज़ देता हूँ।

"जी।"

"तुम्हारे परिवार में IAS कौन है?"

"जी, कोई नहीं।"

"फिर सिस्टर ने..."

"जी, उन्हें मैंने ही बोला था। मुझे लगा IAS बोलने पर हमें priority मिलेगी।" कहकर वो गर्दन झुका लेती है।

"तुम्हें हमारे स्टाफ़ से या हमारे इलाज से कोई शिकायत है?"

"जी नहीं।"

"देखो, हमारे लिए सब मरीज़ बराबर हैं। हम अपनी ओर से इलाज में कोई कसर नहीं छोड़ते। यहाँ और भी मरीज़ भर्ती हैं। यह बात तुम्हें समझनी पड़ेगी।"

वो चली जाती है। थोड़ी देर बाद सिस्टर ने बताया कि वो उन्हें सॉरी बोलकर गई है। मैं अपने काम में लग जाता हूँ। अगले दिन कीमो लगने के बाद वो मरीज़ डिस्चार्ज हो जाता है।

ऐसा कम ही होता है कि किसी मरीज़ या उसके किसी रिश्तेदार का चेहरा हमारी नज़रों में अटक जाए। उस दिन सिस्टर ने बताया था कि उन्होंने इस लड़की के साथ किसी को नहीं देखा। ना घरवालों को, ना ही किसी रिश्तेदार को। ऐसा अमूमन सरकारी अस्पतालों में कम ही देखने को मिलता है। यहाँ हरदम एक मरीज़ के साथ दहाई में रिश्तेदार उपलब्ध रहते हैं, जिनमें से अधिकतर को मरीज़ या उसके मर्ज़ से कोई मतलब नहीं रहता। इनका सिर्फ़ एक ही काम होता है- वहाँ बैठकर मोहल्ले भर की पंचायत करना। और मरीज़ को दो-पाँच दिन भर्ती रहना पड़े तो ये मोहल्ले के एक-दो कुँवारों का रिश्ता ज़रूर पक्का करवा देते हैं। कुछ तो मरीज़ की ख़स्ता हालत का फ़ायदा उठाकर उसकी लड़कियों का रिश्ता किसी ऐरे-ग़ैरे से कराने से भी नहीं चूकते। पर इस केस में ऐसा नहीं था और यही बात मुझे खटक रही थी।

तीन दिन बाद मैं रात दस बजे हेड ऑफ़ डिपार्टमेंट को Evening Over देने की तैयारी कर रहा था। तभी वह लड़की हाथ में एडमिशन फ़ाइल लिए ड्यूटी रूम में एंटर करती है।

"सर! न्यू एडमिशन।"

"आ गई तुम!"

"आपने ही तो D4 कीमो की डेट दी थी।"

"ठीक है। ये जाँचों के सैंपल भिजवाओ और ये दवा लानी है।" मैं जाँचों

की पर्ची और प्रेस्क्रिप्शन लिखकर उसे पकड़ा देता हूँ।

"और सुनो, मरीज़ को मेल वॉर्ड में सात नंबर बेड पर लिटाओ।" मैं अपने काम में लग जाता हूँ। वो मरीज़ को सात नंबर बेड पर लिटाकर दवा लेने चली जाती है। वो पंद्रह मिनट बाद वापस लौटी। मैं घर जाने की तैयारी कर रहा था।

"सर रुको! ख़ैराती धर्मशाला तक मैं भी आपके साथ चलती हूँ।"

मैं दो सेकेंड के लिए रुका। वो मेरे साथ चलने लगी।

"नाम क्या है तुम्हारा?"

"सनोबर।"

"मोहम्मडन हो?"

"नहीं।"

"नाम तो मोहम्मडन है।"

"घर वालों ने यही नाम रखा है।"

"ओके, पढ़ाई?"

"Human Psychology में एम.ए. कर रही हूँ।"

"गुड! घर में कौन-कौन हैं?"

"सब हैं। भैया-भाभी, माँ, ताई-माँ, दीदी।"

"वॉर्ड में तो किसी को नहीं देखा मैंने!"

"माँ और दीदी के अलावा किसी को मतलब नहीं है उनसे।" बोलकर उसने गर्दन झुका ली, "वैसे मतलब तो हमें भी नहीं है पर..."

"मतलब?" मैंने पूछा।

"मैं उन्हें पसंद नहीं करती।"

"अजीब लड़की हो। अपने बाबा को हाथों में लिए-लिए अकेली ही घूम रही हो और कह रही हो, मतलब नहीं है। Are you Mad?"

"Yes, I am."

हम ख़ैराती धर्मशाला पहुँच चुके थे। 'Just wait' कहकर वो अंदर चली गई। थोड़ी देर बाद धर्मशाला में रूम लेने का फ़ॉर्म लेकर वापस लौटी।

"फ़ॉर्म पर साइन कर दीजिए। डॉक्टर के साइन बिना रूम नहीं मिलेगा।"

"तुम अगर यहाँ रुकोगी तो मरीज़ के पास कौन रुकेगा?"

"आपको लगता है आपके हॉस्पिटल के लेट-बाथ में कोई नहा-धो सकता है?"

"तुम्हें इसकी शिकायत हेड ऑफ़ डिपार्टमेंट या अस्पताल प्रशासन को करनी चाहिए।"

उसने फ़ॉर्म मेरे हाथ में दे दिया। मैंने साइन कर दिए। वो वॉर्ड में वापस लौट गई। मैं घर आ गया।

पहली मुलाक़ात में ही वो मुझे मिस्टीरियस-सी लगी। खाना खाकर मैं बिस्तर पर लेट गया, पर आँखों से नींद नदारद थी। उसके नाम से लेकर उसके परिवार और उसकी बातों ने मेरे दिलो-दिमाग़ में खलबली मचा रखी थी।

"एक लड़की जो अपने पिता से नफ़रत करती है, वो भला उसका इलाज क्यों करायेगी।"

"आप और आपके ये मरीज़।" मेरी वाइफ़ करवट बदलकर सो गई। शायद मैं नींद में बड़बड़ा रहा था। अगली सुबह मैं वॉर्ड में पहुँचा। लड़की वहाँ नहीं थी। मैंने वॉर्ड का राउंड लिया और ओ.पी.डी. में चला गया। दो बजे तक मैं ओ.पी.डी. में ही रहा। उस दिन मेरी Evening Duty थी, सो मैं हॉस्टल में खाना खाकर वापस वॉर्ड में आ गया। सनोबर वहीं थी। वो ड्यूटी रूम में आ गई।

"मुड्डा क्लब चलोगे?"

"पाँच मिनट।" मैंने हाथ से इशारा किया। मैने फ़ाइलों का काम निपटाया और सिस्टर से कैंटीन जाने का बोलकर उसके साथ मुड्डा क्लब आ गया। मुड्डा क्लब कोई ट्रेडिशनल क्लब नहीं था, एक मॉडर्न चाय की थड़ी थी। रैगिंग के दौर में किसी जूनियर की यहाँ आस-पास फटकने तक की हिम्मत नहीं होती थी, पर रैगिंग बैन होने के बाद सब बदल गया था। अब वहाँ कोई भी आ सकता था, पर अब भी ज़्यादातर कस्टमर मेडिकल स्टूडेंट या डॉक्टर ही होते थे। उसने अपनी जीन्स की पॉकेट से सिगरेट निकालकर जलाई और गहरा कश लेकर धुँआ ऊपर आसमान की ओर छोड़ दिया।

"तुम सिगरेट भी पीती हो?"

"हाँ! क्या लड़कियाँ सिगरेट नहीं पी सकतीं?"

"पी सकती हैं, पर क्या तुम्हें पता है तुम्हारे बाबा के कैंसर का एक कारण स्मोकिंग भी रहा है?"

"नहीं, उन्हें स्मोकिंग से कैंसर नहीं हुआ। उन्हें मेरी बद्दुआ लगी है।"

"तुम्हारी बातों से सर दुखता है मेरा। हमेशा बेसिर-पैर की बातें करती हो।"

"वो तो है। पता है मुन्ना भाई ने एक बात कही थी, अगर कोई तुम्हारे एक गाल पर थप्पड़ मारे तो तुम्हें दूसरा गाल भी आगे कर देना चाहिए। पर मेरा मानना है कि अपना पूरा जिस्म उसके आगे कर दो। हो सकता है वो तुम्हें मार ही डाले, पर आख़िर में जब वो थक जाएगा, तब वो ख़ुद-ब-ख़ुद मर जाएगा।"

"पहली बात तो ये कि ये बात महात्मा गाँधी ने कही थी, मुन्नाभाई ने नहीं। दूसरा, तुम्हारी बातें मेरे सर के ऊपर से जा रही हैं।"

उसकी सिगरेट ख़त्म हो चुकी थी।

"वॉर्ड में सब ठीक हो तो थोड़ा आगे तक चलें?" उसने पूछा।

"एक मिनट।" मैंने सिस्टर को फ़ोन कर वॉर्ड का जायज़ा लिया। वॉर्ड में सब ठीक था।

"ठीक है, अब चलते हैं।" मैंने चिप्स के दो पैकेट लिए और हम बारहदरी की ओर चल पड़े।

"तुम्हें मेरे नाम का मतलब पता है?"

"हम्म... कुछ कुछ... Pine Tree को उर्दू में सनोबर कहते हैं।"

"बिल्कुल सही। कभी शिमला गए होंगे तो देखा होगा, बर्फ़ से ढके पहाड़ों पर सनोबर के जंगल बहुत ख़ूबसूरत लगते हैं। नुकीले, सुईनुमा पत्तों से लथपथ, बर्फ़ की चादर ओढ़े, सीधे-सपाट। पर कभी सोचा है, सनोबर क्या सोचता है?"

"नहीं।"

"असल में सनोबर कुछ नहीं सोचता, सिर्फ़ सहता है। बिल्कुल मेरी

तरह। उसे पता है, ये जानलेवा ख़ूबसूरती एक दिन उसकी जान ले लेगी।"

हम क़दम-क़दम बारहदरी पर टहल रहे थे।

"लोग बर्फ़ में लिपटे सनोबर को देखकर ख़ुश होते हैं, पर सनोबर सिर्फ़ इंतज़ार कर रहा होता है, सर्दी के आख़िरी हिमपात का, जो उसके सारे पत्ते गिरा देगा। सनोबर नंगा हो जाएगा- बिल्कुल सड़क के अगल-बग़ल डेरा डाले इन बेसहारा भिखारियों की तरह। वो बिना उफ़ तक किए ठिठुरता रहता है। इंतज़ार करता है गर्मियों का, जब वह आज़ाद हो जाएगा अपने नंगेपन से।"

उसकी दार्शनिकता भरी बातें अब भी मेरे लिए पहेली ही थीं।

"चलो अब वापस चलते हैं।" मैंने कहा।

"हाँ! चलो। बाबा को हाजत भी आई होगी। वॉर्ड में आकर मैं अपने काम में लग गया। उसके बाबा वॉर्ड में दो दिन भर्ती रहे। मैं वॉर्ड में अक्सर उससे बात करने से कतराता और वैसे उसे इतना टाइम भी नहीं मिल पाता था। वो दौड़ी-भागी हुई सी आती। जाँचें जमा कराती, दवा लाती और दिन भर अपने बाबा की सेवा में लगी रहती। ऐसा क़रीब छह महीने तक चलता रहा। वो आती, अपने बाबा को कीमो चढ़वाती और चली जाती।

मैं सेकेंड ईयर में आ गया था। पूरा वॉर्ड अब नए जूनियर्स के हवाले था। एक दिन मैं ओ.पी.डी. में बैठा था। वो बदहवास-सी मेरे पास आई।

"Sir ! I need your help !"

"मेरे बाबा सीरियस हैं और मेल वॉर्ड में एक भी बेड ख़ाली नहीं है।"

"ठीक है, मैं कुछ करता हूँ। तुम उन्हें लेकर आओ।" मैंने उनके वाइटल्स चेक किए। वाकई में उसके बाबा की हालत सीरियस थी। मैंने उन्हें ICU में भर्ती कर लिया। उनके पूरे शरीर में सूजन थी। शायद किडनी ठीक से काम नहीं कर रही थी। दर्द भी मॉर्फीन देने के बावजूद कंट्रोल नहीं हो रहा था।

"शायद इनकी किडनी ठीक से काम नहीं कर रही है। सोनोग्राफ़ी करानी पड़ेगी।" मैंने उसे सोनोग्राफ़ी और जाँचों की पर्ची भरकर पकड़ा दी। वो स्ट्रेचर को घसीटती हुई उन्हें सोनाग्राफी के लिए ले गई। मैं वापस ओ.पी.डी. आ गया। दो दिन में उनके पैरों की सूजन कम हो गई और पेशाब भी ठीक

से आने लगा था।

संडे का दिन था। ग्यारह बजे ओ.पी.डी. ख़त्म हुई। मेरे साथ वाले सभी जा चुके थे। मैं किसी काम से वॉर्ड में ही रुका हुआ था। वो मेरे पास आई और बोली, "मुड्डा क्लब?"

"ठीक है, चलो।" मैं उसके साथ हो लिया।

"वैसे तुम्हारी आँखों में काजल अच्छा लगता है। लगाया करो।"

"मैं मेकअप नहीं करती, और by the way, ये काजल नहीं आख़िरी हिमपात का संकेत है!"

"ऐसा नहीं है। तुम्हारे बाबा की condition अब पहले से ठीक है।"

"हम्म..." मुड्डा क्लब आ गया था।

उसने अपनी सिगरेट जला ली। एक कोने में ख़ाली टेबल देख हम वहाँ बैठ गए। थोडी देर वो बिना पलक झपकाए मुझे देखती रही। उसकी छोटी-छोटी आँखें आज बड़ी ही ख़ूबसूरत लग रही थीं।

"आपको फ्लर्ट करना नहीं आता क्या?"

"ये कैसा question है?"

"बिलकुल सीधा question है, आपकी ही तरह।"

"मैं शादीशुदा हूँ।"

"हाऊ स्वीट! मुझे तो लगा था कि तुम कहोगे कि मेरी शक्ल तुम्हारी एक्स-गर्लफ्रेंड से हूबहू मिलती है।" उसकी बात सुनकर मेरे चेहरे पर हल्की-सी मुस्कान दौड़ गई।

"ये सच है। तुम्हारी शक्ल मेरी एक्स-गर्लफ्रेंड से हूबहू मिलती है।"

"सच में! ओह माई गॉड!" वो खिलखिलाकर हँस पड़ी।

"वैसे मुझे तुम्हारे जैसे लड़के का हमेशा इंतज़ार रहेगा।" वो सीरियस थी।

"वैसे बाबा अब दो-चार दिन से ज़्यादा नहीं चलेंगे ना।"

"कुछ कह नहीं सकते। सोनोग्राफ़ी की रिपोर्ट के अनुसार उनकी एक किडनी काम नहीं कर रही है।" मैंने जवाब दिया। मेरा जवाब सुनकर वो चुप हो गई, उसकी आँखों में आँसू आ गए। उसने बोलना शुरू किया- "मैं

अपने बाबा की नाजायज़ औलाद हूँ। बाबा प्राइमरी स्कूल में मास्टर हैं। माँ को दूसरी बार भी लड़का न होने पर उन्होंने दूसरी शादी कर ली। हमें घर से बाहर निकाल दिया गया। तब से लेकर आज तक वो कभी भी हमसे मिलने नहीं आए। हमें उनकी शक्ल तक से नफ़रत हो गई। एक दिन पता चला कि उन्हें कैंसर है। उनके बेटे-बेटियों ने उन्हें मरने के लिए अकेला छोड़ दिया। उनकी दूसरी बीवी अपने मायके चली गई। मुन्नाभाई ने कहा था कि अगर कोई आप के एक गाल पर थप्पड़ मारे तो हमें अपना दूसरा गाल भी आगे कर देना चाहिए। मैं उन्हें उनकी नफ़रत से सौ गुना प्यार देना चाहती हूँ। पिता एक बरगद के पेड़ की तरह होता है। थोड़े दिनों में ही आख़िरी हिमपात होगा। उनके बेटों को उनकी जगह नौकरी मिल जाएगी। मैं आज़ाद हो जाऊँगी।" उसकी आँखों से काजल आँसुओं के साथ धुलकर बह चला था।

तीन दिन बाद मैं दो दिन की छुट्टी लेकर किसी काम से गाँव आ गया। उसके बाबा की हालत स्टेबल थी। छुट्टियों के बाद वापस जाकर देखा तो ICU में उसके बाबा का बेड ख़ाली था। मैंने सिस्टर से पूछा तो सिस्टर ने एक चिट मेरे हाथ में थमा दी।

"आख़िरी हिमपात हो गया डॉक्टर साहब। सनोबर अब पूरी तरह आज़ाद है। कभी रणतभँवर घूमने आओ तो ज़रूर याद करना। मैं होटल टाइगर व्यू में रिसेप्शनिस्ट की जॉब करती हूँ।

"सनोबर।"

मेरी आँखों के सामने शिमला का दृश्य उभर आया। बर्फ़बारी हो रही है और Pine Tree मजबूती से खड़ा है। नंगा... बिल्कुल नंगा।

***

प्राची राठौर

प्राची राठौर, झीलों की नगरी भोपाल से हैं। इन्होंने इंजीनियरिंग करने के बाद मैनेजमेंट में स्नातकोत्तर किया और अभी इसी क्षेत्र में कार्यरत हैं। साहित्य में रुचि प्रथमतः एक पाठक के तौर पर है। लेकिन जब कल्पना के घोड़े उड़ान भरते हैं, तो कोई कहानी बन ही जाती है। कहानियाँ कहने के अलावा कविताओं में भी प्राची बराबर रुचि रखती हैं। एक तरफ़ हिंदी से प्यार है तो वहीं अंग्रेज़ी से भी उतना ही लगाव है। इनका लिखा अंग्रेज़ी की कई प्रख्यात अंतर्राष्ट्रीय पत्रिकाओं जैसे 'द ताज महल रिव्यू', 'इंडस वुमन राइटिंग', 'पोएट्री प्रेस' में प्रकाशित हो चुका है।

प्राची राठोर वक़्त-वक़्त पर अपने ब्लॉग Labyrinthine Dreams (yesdreamer.blogspot.com) पर भी अपने विचार ज़ाहिर करती रहती हैं।

Contact : prachirathore178@gmail.com

याद के बालों में आँवला महकता है

किताबें ज़मीन पर बिखरी अच्छी नहीं लगतीं। लेकिन आज उसे कमरा सँवारने का होश नहीं था। अब वह केवल अपनी ज़िंदगी को व्यवस्थित करना चाहती थी। छोटे से कमरे का दरवाज़ा बंद था। दरवाज़े और डबल बेड के बीच आधा दरवाज़ा खुलने भर का फ़ासला था। रात की सिसकती हुई सिलवटें अभी तक बिस्तर पर सो रही थीं। इस बीच कमरे के इकलौते झरोखे ने गहरे हरे रंग के परदे से ख़ुद की आबरू छुपाने की पूरी कोशिश की, लेकिन सूरज की एक किरण उसके जिस्म को चीरते हुए अंदर पहुँच ही गई। उस एक किरण से होते धूल के छोटे-छोटे कण फ़र्श पर खुली रखी सिंदूर की डिबिया तक पहुँचते तो लगता मानो सफ़र की तपिश में सिककर पक गए हों। लौंग के तीन दाने रूई के फ़ाहे पर कुछ देर और आराम करना चाहते थे, लेकिन उसने उसे तुरंत उठा लिया। यूँ भरे अँधेरे में उजाले की एक किरण के साथ बैठे हुए उसे यकायक बीते दिन याद हो आए। जिन दिनों नानाजी ज़िंदा हुआ करते थे और नौकरी के लिए उसे अकेले ख़ुद से दूर भेजने को कतई राज़ी नहीं थे। वह बुरी तरह उनसे लड़-झगड़कर सॉफ़्टवेयर टेस्टर का काम करने यहाँ कोलकाता पहुँच गई थी। बड़े बाज़ार से सटी गली में ही ऊपरी माले पर था उसका कमरा। सुबह के दस बजे बाज़ार अपनी सुप्तावस्था से निकलकर बच्चे की तरह शोर करने लगा था। उसने हाथ में पकड़ी रूई की बाती बना ली और धीरे-धीरे उसे देशी घी में डुबोने लगी। फ़ोन की घंटी बजी तो उस पर चित्रा का नाम डिस्प्ले हो रहा था। वह समझ नहीं पाई कि आज यह क्यों कॉल कर रही है। साढ़े छह महीने बीत चुके थे उन्होंने एक-दूसरे का

रास्ता नहीं काटा था। आयना ने बिना ज़्यादा वक़्त गँवाए स्क्रीन पर मौजूद लाल निशान को स्वाइप करने के बाद तुरंत फ़ोन को स्विच ऑफ़ कर दिया।

उसे लगा वह हाँफ रही है। उसने तुरंत इस विचार को ख़ारिज कर दिया। उसे अपनी तरफ़ आती एक सूरज की किरण ख़राब लग रही थी। वह चिल्लाई, "जाओ!"

किरण हँस दी।

उसने ज़ोर से हाथ घुमाकर मज़ाक उड़ाती किरण पर एक तमाचा जड़ दिया। नीचे रखी सिंदूर की डिबिया लुढ़क गई। डिबिया इतनी शांतिपूर्वक लुढ़की, जैसे वह आयना का ग़ुस्सा और नहीं भड़काना चाह रही हो।

आयना को लगा जैसे डिबिया को चोट लग गई है। वह धीरे-धीरे उसका बदन सहलाने लगी।

चित्रा पहले यहीं रहा करती थी, इसी कमरे में। असल में चित्रा ने ही आयना का इंतज़ाम यहाँ करवाया था।

वह एक शनिवार था, जब आयना सिटी सेंटर की सीढ़ियों पर बैठकर रो रही थी। एक हफ़्ते में ही वह कंपनी की एच.आर. से, जो हर वक़्त उसके जीवन के बारे में जानना चाहती थी, खीझ चुकी थी। आख़िर यह तो कंपनी पॉलिसी नहीं होती न! अपने बारे में किसी को कुछ भी बताना उसे पसंद नहीं। अकोमोडेशन का इंतजाम अभी तक नहीं हुआ था। वह ऑफ़िस के बाद दिनभर कहीं-न-कहीं अपने इंतज़ामात के लिए भटकती और रात को बेसबब निखिल भैया के घर लौट आती। निखिल भैया राँची से उसके मुँहबोले मामा के लड़के थे। वहाँ कोई नहीं जानता था कि मार्केटिंग मैनेजर की पोस्ट पर नियुक्त हुए भैया यहाँ घर-घर जाकर जिलेट के सेल्स टारगेट पूरे किया करते हैं। बीती रात भैया और उसका दोस्त रवि नशा करके कमरे पर लौटे थे। पिछले कमरे में लेटी आयना ने उनके मुँह से अपने बारे में जो बेहूदा बातें सुनीं, वे इतनी ख़ौफ़नाक थीं कि तुरंत उसके गालों पर आँसू लुढ़कने लगे।

जाने कब चित्रा सीढ़ियों पर उसके बग़ल में आकर बैठ गई थी। उसके गाल पर उभरी आँसू की बूँद भी चित्रा ने ही पोंछी थी। जाने क्या था उसके स्पर्श में कि आयना फफक-फफक कर रो दी। किसी पर भरोसा न करने

वाली आयना अगले घंटे चित्रा डे के छोटे से रूम में थी। चार दिन बाद ही आयना अपना सामान ले बतौर रूम-मेट चित्रा के साथ शिफ़्ट हो गई।

अभी एक हफ़्ता भी नहीं बीता था चित्रा के साथ, लेकिन मालूम होता था जैसे वर्षों का अपनापन हो। आयना को काम पर से लौटना अब थकाऊ नहीं लगता था।

"तुमने हमको झूठ क्यों कहा?" एक रात चित्रा ने अपने बिस्तर पर लेटे हुए पूछा।

बिस्तर के दूसरी ओर तकिए में मुँह गड़ाए आयना के माथे पर डर की कुछ लकीरें उभरीं। उन लकीरों को तकिए ने चुपचाप चूम लिया।

"किस बारे में?"

"अपने बारे में। यही कि तुमको कोई ख़ौफ़ नहीं।"

"हाँ, नहीं रहा।"

"आयना, तुम जादू में विश्वास रखती हो?"

"मैं जानती हूँ तुम यह क्यों पूछ रही हो। मुझे पता है तुम सारी बंगालनें जादू जानती हो। है न?

मेरी नानी ने मुझे बताया था, काले जादू के बारे में। वे ग़ुस्सा होती थीं अगर उनके सामने जादू को काला कहें। शी वॉज़ अ रेसिस्ट यू नो! उन्होंने हमेशा मुझे मोहल्ले के बच्चों से दूर रखा। कहतीं थीं, इन काले-पीले लोगों से दूर रहा करो। मैं अक्सर उनसे छुपकर बिट्टू-पिंकी के घर जाया करती थी। वे मोटे-मोटे और काले थे। ख़ैर...

जानती हो, उन्हें जीवन कभी अच्छा ही नहीं लगा। किसी का भी। मैंने उन्हें बहुत तकलीफ़ें सहते हुए देखा है। मैं नहीं जानती जादू कैसा होता है, कितना होता है, लेकिन उन्हें कभी किसी ने रोका नहीं। दुखों के बीच अपना सुख ढूँढती औरत को कभी रोका नहीं करते।

मैं तुम्हें भी कुछ न कहूँगी। तुम्हारी रूह सुंदर है। उसे वह सब कुछ मिलना चाहिए, जो वह पाना चाहती है।"

ऊपर छत पर पंखा अपनी गति से थोड़ा तेज़ घूमता दिख रहा था। चित्रा की रूह किसी उलझन में उसी पंखे को देखते हुए घूमती रही।

"तुम मेरे बारे में क्या सोचती हो?" आयना ने बेसब्र होकर पूछा। उसकी चुप्पी ने आयना की साँस पकड़ रखी थी।

चित्रा फिर कुछ न बोली।

"बताती क्यों नहीं?"

चित्रा चुप रही। उसने आयना का हाथ पकड़कर अपनी ओर खींचा और हौले से उसकी हथेलियों को चूम लिया। ऊपर पंखा घूम रहा था, पर चित्रा की रूह अब शांति से आयना की हथेलियों पर ठहर चुकी थी। आयना की भी, चित्रा के स्पर्श पर।

चित्रा ने आयना की टी-शर्ट गले से ज़रा नीचे खींचकर उसकी कॉलर बोन पर अपने होठ रख दिए। आयना को यह बहुत अच्छा लगा। वह उसके स्पर्श से होती हुई मुस्कुराहटों भरी किसी दुनिया में पहुँच चुकी थी। वह कॉलर बोन के अंदर धँसे अपनी रूह के किसी हिस्से को महसूस कर सकती थी। उसने चित्रा को कसकर बाहों में भर लिया और अपनी जाँघों से उसकी कमर को दबोच लिया।

"तुम हमको कभी न छोड़ना आयना। हमारा रूह सँभला रहेगा।" चित्रा ने ख़ुद को नींद के हवालेकरने से पहले सिर्फ़ इतना कहा। आयना ने इसके सिवा काफी दिनों तक कुछ और न सुना।

दिन काम की व्यस्तताओं के बीच बीतते रहे। आयना दिन में हज़ार बार चित्रा के विषय में सोचती। अपनी एच.आर. के साथ मीटिंग में, कोड सुधारते वक़्त, ट्यूब से फ़ेसवाश की आख़िरी बूँद जबरदस्ती निकालते हुए, सोने से पहले चित्रा के घने काले बाल देखकर, उठने के बाद और कभी-कभी सपनों में भी। वह हर संडे ब्रेकफ़ास्ट में चित्रा के लिए फ्रेंच टोस्ट बना देती। चित्रा पेपर में नज़र गड़ाकर प्यार से ही जब 'थैंक यू जानेमन!' कहती, तो आयना अपने अंदर बहुत सारी ख़ुशी समेटते हुए उसकी प्लेट से कुछ निवाले खड़ी-खड़ी खाने लगती। खाना पकाना और खाना आयना को उतना ही पसंद था, जितना चित्रा के साथ होना। दिन में बार-बार, कभी भी।

चित्रा भी आयना का ख़ूब ख़याल रखती। कुछ भी करने से पहले आयना से उसकी पसंद पूछती। उसे अक्सर ऑफ़िस से लाना ले जाना अपनी ही

एक्टिवा स्कूटर से करती। अक्सर रोहित से चिढ़ जाने पर उसकी चैट के स्क्रीनशॉट्स ऑफ़िस में बैठे हुए वह आयना को फॉरवर्ड कर देती। आयना को वह इतना मानने लगी थी कि उसके एक बार कहने पर रोहित को ब्लॉक कर मूव-ऑन करने का फ़ैसला ले लिया। रोहित उसके लिए अच्छा लड़का नहीं था। वह उसे उसी तरह ट्रीट करता, जैसे साथ जॉब करती दूसरी लड़कियों को। चित्रा भोली थी। यह बात उसे आयना ने ही बताई। यह भी समझाया कि स्पेशल ट्रीटमेंट कैसा होता है। जो रोहित ने उसे दिया वह इतना साधारण था कि किसी भी लड़के को इतना-सा करने में कोई परेशानी नहीं होती। हर सैटरडे मॉल में बर्गर खिला देने से, और हर रेड सिग्नल पर कार में किस कर लेने से कोई बॉयफ्रेंड नहीं बन जाता। बॉयफ्रेंड बनने के लिए पहले फ्रेंड होना आना चाहिए। आख़िर इमोशनल नीड्स को सेटिस्फाई करना भी कोई चीज़ है! अगर तुम उसे यही नहीं बता पा रही हो कि तुम्हें किन बातों से ख़ुशी मिलती है और तुम्हारे दुख के कारण क्या हैं तो वह लड़का तुम्हारे लायक नहीं। आयना दर्शनशास्त्र में विश्वास नहीं रखती थी। न प्रेम में। उसे सारी चीज़ें इतनी ही सरल चाहिए होती थी। बाइनरी में। हाँ या ना। उसे चित्रा अपने पास चाहिए थी। यह बात वह अच्छे से जानती थी।

स्याह रात घिर आई थी। सर पर लगाए गए आँवले के तेल की महक कमरे में भरी थी। साँस लेने पर महक अंदर जाती, लेकिन साँस छोड़ने पर बाहर नहीं निकल पाती।

"तुम मुझसे बात क्यों नहीं करती? फ़ोन में क्या देख रही हो?"

"यह लड़का सेक्सी है न?" चित्रा ने फ़ोन स्क्रीन आयना की ओर करते हुए पूछा। बाहर खिड़की से हवा तेज़ी से अंदर आ रही थी, जिससे हरा पर्दा बार बार चित्रा के गाल चूम रहा था। आयना उस पर चिल्लाई, "रुक जाओ!"

चित्रा समझी आयना उसे रोक रही है। वह बिना कुछ बोले आँखें बंद किए लेट गई। उसके हाथों में रुके रह गए मोबाइल फ़ोन की स्क्रीन अभी भी आयना को निहार रही थी।

"तुम्हें इतने चोमू लड़के ही क्यों पसंद आते हैं ची?" आयना ने एक नज़र फोटो की ओर डालते हुए कहा।

"क्योंकि हम भी उतना ही चोमू हैं।"

"नहीं, तुम बेवकूफ़ हो। तुम्हें अपना अच्छा-बुरा नहीं समझता। रोहित के केस में भी तुम चार महीनों तक पागल बनी रही थीं।"

"अरे यार। तुमको हर बात पे माँ क्यों बनना होता है। हम अब ख़ुशी से किसी की तस्वीर भी नहीं देख सकता क्या?"

"ची, देखो मैं नहीं चाहती किसी भी वजह से तुम्हारे इमोशंस का या समय का ज़रा भी नुक़सान हो। आई केयर फॉर यू।"

"हमको इतना पोजेसिवनेस नहीं पसंद आयना। तुम्हारे कहने से हम रोहित को छोड़ दिया। नाउ आय रियलाइज़ वह कितना प्यार करता है हमसे। रोज़ लंच ब्रेक में उसी टेबल पर अकेला बैठा हमारा वेट करता है, जहाँ हम दोनों साथ खाना खाया करते थे। हमेशा गुमसुम दिखता है। हमको उसे इस तरह बिना किसी जेन्युइन कारण के अकेला नहीं छोड़ना चाहिए था। यू नीड टू अंडरस्टैंड आयना। आए वांट यू टू वैल्यू माय प्राइवेट स्पेस।"

जितने आराम से चित्रा ने यह बात कही थी, उतनी ही मात्रा में आराम आयना के चेहरे से ग़ायब था। उसकी छोटी-छोटी आँखें फैल रही थीं। आँखों के किनारों पर पानी अपनी सीमाओं का विस्तार कर रहा था, पर लगता था जैसे उसकी आँखें ही बड़ी होती जा रही हैं।

चित्रा ने हौले-से आँखें खोलीं, लेकिन सामने नज़र आ रही बढ़ती हुई आँखें देखकर घबरा गई। उसे लगा जैसे अभी आयना के शरीर का हर अंग इसी तरह धीरे-धीरे बढ़ने लगेगा और अगले ही पल वह किसी नरभक्षी भेड़िए में तब्दील हो जाएगी। डरकर उसने दोबारा ज़ोर से आँखें मींच लीं। वह रात जो आँवले के तेल सी महकती थी, सिर्फ़ सुगंध लिए ज़िंदा रही। उसमें से नींद लापता थी। उसमें चैन भी कहीं नहीं मिलता था।

अगली सुबह संडे था, लेकिन दोनों में से किसी ने कोई बात नहीं की। आयना ने ब्रेकफ़ास्ट के लिए फ़्रेंच टोस्ट बनाया, पर चित्रा फ़ोन पर बात करते हुए घर से निकल गई। उस पूरे दिन आयना ने चित्रा के मुँह से सिर्फ़ एक वाक्य सुना– "हाँ जानेमन, हम पहुँच रहा है।"

उसके चेहरे की पसलियाँ अकड़ गईं और तब तक ऐसी ही बनी रहीं,

जब तक गले से थूक का एक घूँट नीचे नहीं डूब गया।

आने वाले कई दिन बेख़याली में गुज़रे। दोनों लड़कियाँ एक दूजे से बात करने से कतराती रहीं। हल्की-फुल्की बातें अभी भी होतीं। एक-दूसरे के फ़ोन में मीम्स देखने पर हँसी के ठहाके गूँजते, किंतु दोनों जानती थीं कि यह सब कितना नकली है। दरवाज़ों की चर-चर में, पलंग के नीचे, दीवारों की दरारों में, हरे परदे के पंखों में, आँवले के तेल की महक में, और सब जगह दोनों लड़कियों की अलग-अलग तन्हाई उग आई थी। आयना पानी से बाहर फेंकी गई मछली की तरह मचलती रहती कि चित्रा उससे आकर कुछ नहीं तो सिर्फ़ यह पूछ ले कि आज दिन कैसा रहा। लेकिन जितने समय वह कमरे में दिखती, फ़ोन में ही लगी रहती। न उसका हाल पूछती, न उसे देखकर मुस्कुराती और न पहले की तरह प्यार से जानेमन कहती। दिनों पहले आयना की रूह का टुकड़ा जो चूमा गया था, वह कमरे में ही पड़ा कहीं तड़पता रहता।

एक दिन आयना जब ऑफ़िस से लौटी तो सबकुछ बदल चुका था। कमरे में कोई कमी थी। वह भरा भरा लगता था। अकेलेपन से। सामान में कमी थी शायद। ऐसा लगता था, जैसे यहाँ चोरी हो गई हो। तभी आयना का फ़ोन बजा। चित्रा का ही था।

"आयना, हम कब से ट्राय कर रहा है। तुम्हारा कॉल नहीं लग रहा था।"

"कहाँ हो तुम?"

"सुनो, हम रोहित के साथ शिफ़्ट हो रहा है। कुछ सामान ले आया है। बाक़ी बचा भी जल्द ही ख़ाली कर देगा।"

आयना कोई जवाब न दे सकी। खिड़की के पास चुप खड़ी रही। चित्रा ने तीन-चार बार उसका नाम पुकारा और फिर फ़ोन रख दिया। आयना के चेहरे पर आँसू तैर-तैर कर अनेक आकृतियाँ बनाते रहे। हरा पर्दा भी आज आँसू पोंछने उसके चेहरे तक नहीं आया।

वह जाने कितने महीनों तक चित्रा को याद करके रोती रही। उसे बार-बार कॉल करती, पर बात नहीं कर पाती। व्हॉट्सएप और फ़ेसबुक डीपी में भी उसकी ची उसे ख़राब लगने वाले लड़के से लिपटकर मुस्कुरा रही होती।

चित्रा शायद उसके बिना ख़ुश थी। उसे ऐसा ही लगता था। शनिवार को बालों में तेल लगाने की रात होती। कमरे में आँवला महकता तो आयना के सर पर ग़ुस्सा चढ़ जाता। ग़ुस्सा उतरता तो उसके सामने एक उदास नदी बहने लगती, जो बिना बताए अपने घर से बहुत दूर पहुँच गई है। और आगे जाकर एक ऐसी जगह ख़त्म हो जाएगी, जहाँ उसकी ख़ुद की कोई पहचान नहीं।

आज क़रीब छह महीने बीत गए हैं। उसे अपने नानाजी बहुत याद आ रहे हैं। वह जादू से उन्हें अपने पास बुला लेना चाहती है। वह नानाजी से पहले चित्रा को अपने पास बुला लेना चाहती है, ताकि वह उसे अपने प्यारे नानू से भी मिलवा सके।

आयना के हाथों में अभी भी सिंदूर की डिबिया आराम कर रही थी। उसने महसूस किया कि क़रीब एक घंटे से उसकी उंगलियाँ डिबिया पर कदमताल करती रहीं। वह आज चित्रा को वापस बुलाने के लिए जादू करना चाहती थी, पर इस तरह सिंदूर के गिरने से उसकी सिद्धि ख़त्म हो जाती है और किसी भी तरह का जादू हो, बेअसर ही रहता है। वह किसी भी तरह आज तो यह विधि पूरी नहीं कर सकेगी। सो उसने लौंग की कलियाँ उठाकर चबा लीं। घी, माचिस और रुई के फाहे को देवी की मूर्ति के सामने रख दिया। अब वह शायद किसी और समय फिर इन चीज़ों को सिद्ध करे और अपनी नानी से सीखे वशीकरण मंत्र का जाप करती रहे। तब तक, जब तक उसकी ची न लौट आए उसके पास। हमेशा के लिए। उसे यह सोचकर बेहद घबराहट होती है कि उसकी ची उसे स्थाई उदासियों के बीच छोड़ गई है।

उसे याद है, बचपन में गणित के प्रश्न हल करते वक़्त अगर अध्याय का पहला ही सवाल उससे ग़लत हो जाता, तो फिर पूरे अध्याय का कोई सवाल न बनता। न अभ्यास करते हुए, और न परीक्षा में। पहला प्रश्न ग़लत होने पर वह ख़ूब रोती, पर कोई चुप कराने न आता। गर इस बार भी ऐसा ही हुआ तो ? क्या उसकी ची कभी उसके पास नहीं लौटेगी ? उसके जीवन के इस क्षण में भी अगर वही पुरानी गणित की संभावना लागू हो जाए, तो वाकई इस जनम उसका चित्रा से मिलना ख़ारिज हो जाएगा। हो सकता है कि फ़ोन स्विच ऑन करने पर हमेशा की तरह चित्रा के मेसेजेज़ की लड़ी लगी हो। उन मेसेजेज़ में

उसकी डाँटघुली हो और कुछ हिदायतें कि इस तरह फ़ोन बंद न किया करे, टेंशन होती है। हो सकता है उसमें चित्रा का मेसेज हो ही न। किसी अननोन नंबर से सन्देश मिला हो कि "यू वर द लास्ट डायल्ड ऑन चित्रास फ़ोन। शी हेड एन एक्सीडेंट एंड सैडली नो मोर विद अस।"

चित्रा के उससे हमेशा के लिए दूर होने के कई तरीक़े हो सकते हैं। इन तरीक़ों के ख़याल भी आयना को मारने के लिए काफी हैं। उसके चेहरे पर इस तरह पसीने की बूँदें उभर आई हैं, जैसे कोई खुले नल के नीचे फ़र्श पर बाल्टी लगाना भूल गया हो। ईश्वर ने अक्सर उसके जीवन में सुख की बरसात तो दी है, लेकिन उसे इकट्ठा करने के लिए कोई बर्तन नहीं।

उसका सर बस फटने को है। अब वह इससे ज़्यादा नहीं सोचना चाहती। वह बिस्तर पर साँस रोके लेट गई है। आँवले के तेल की ख़ुशबू अब भी कमरे में छूटी हुई याद की तरह बरक़रार है।

मन मोरे हाय

प्राची राठौर

"मैं तेरी गर्लफ्रेंड को मिस कर रही हूँ।"

"पर क्यों?" मैंने अपने मन में ही पूछा।

जवाब में उसने मेरे दाएँ कंधे पर अपना सर टिका लिया। मैं चाहता था कि वह इस वक़्त मेरे सिवा किसी और को याद न करे। जाने क्यों वह मेरे साथ इस लम्हे को पूरी तरह नहीं जी पा रही थी। शायद मुझे ही उसे अवनि के बारे में नहीं बताना चाहिए था। अवनि के ज़िक्र से मेरे कंधे और उससे सटे उसके गाल के बीच एक अजीब-सी अनिश्चित दूरी पैदा हो गई।

मैं यह दूरी तुरंत ख़त्म कर देना चाहता था। मैंने अपनी जगह पर ज़रा-सा सरकते हुए कहा, "तुम्हें अब घर पहुँचना चाहिए, चानू इंतज़ार कर रहा होगा।"

इतना सुनते ही उसने फुर्ती से अपने फ़ोन पर समय देखा, पर्स हाथ में उठाया और सोफे से उठ खड़ी हुई।

"मिस्टर लाल अभी तक नहीं आए।" उसने एक साँस में कह दिया।

"इससे ज़्यादा इंतज़ार नहीं किया जा सकता। हम अपॉइंटमेंट पोस्टपोन करा लेते हैं। सोमवार फिर से आया जा सकता है।"

उसने अपना सर ऊपर से नीचे तक हिलाया। इससे उसका आश्रय "ठीक है" कहना था। हम वहाँ से चल दिए।

रावी ने आज मेरे कंधे पर सर टिका लिया था। यह ख़याल मेरे दिमाग से नहीं उतर रहा था। उसका सर उस रोज़ भी यूँही टिका था, जब कॉलेज के

बाद हम टी-जॉइंट की बेंच पर बैठे चाय सुड़क रहे थे। सात साल बीत गए। अप्रैल का महीना था। ननिहाल में बच्चों की तरह बारिश जाने कैसे कॉलेज की छुट्टी होते ही पहुँच गई थी। मैं रावी के साथ था। मौसम के अचानक बदलने से एक अजीब-सी उदासी घिर आई थी। हर बार ही ऐसा होता है। मैं कभी भी अचानक हुए परिवर्तन के साथ ख़ुद को परिवर्तित नहीं कर पाता।

उसने कहा कि मूँग के पकौड़े पुदीना की चटनी के साथ खाने का मन कर रहा है।

"बेट्टा, ये मूँग के पकौड़ों के चक्कर में तुम्हारी बस निकल जाएगी।" मैंने उसके सर पर एक हलकी चपत जमाते हुए कहा।

"तू ज़्यादा बाप मत बन। गाड़ी है न तेरे पास? होने वाली गर्लफ्रेंड के लिए बचा कर रखना है उसे?"

"भई, तुम्हारा घर शहर के उस कोने में है। आज मैं नहीं छोड़ने आ रहा!"

"ओ हो हो! इतना एटिट्यूड! हाउ मीन, राघव! तू बात मत करियो आज के बाद मुझसे। मैंने नहीं लेना तेरा कोई एहसान आज के बाद! भाड़ में जा।"

"ठीक है, जाता हूँ।"

"कमीने! आज के बाद बोला है। आज तो एहसान करते जा। चल चुपचाप। और हाँ, पहले पकौड़े खिला। और सुन, जेके रोड से मत लेके जाइयो, वहाँ पड़ोस वाले गुप्ता अंकल की दुकान है।"

मैंने आगे कुछ नहीं कहा। मैं कहना भी नहीं चाहता था। कॉलेज बस हमारी आँखों के सामने से गुज़र गई। कुछ पल बाद हल्की फुहारों के बीच मैं चलती बाइक पर उस पागल लड़की के पीछे बैठा था। मुझे अच्छा लग रहा था। यह मानना होगा कि अचानक से हुआ हर परिवर्तन इतना बुरा भी नहीं होता।

टी-जॉइंट की चाय को मैं हमेशा अच्छी कहते आया हूँ। पर आज उसमें अलग ही गोताखोरी थी। रावी मेरे बाजू बैठकर हँसती जाती तो चाय की गर्मी मेरे अभ्यंतर गहरे उतरती रहती। आज मुझे अपने भीतर गर्मी का अंदर जाना और भाप का बाहर आना अच्छी तरह महसूस हो रहा था। इस तरह पहले तब

हुआ था, जब नवमी कक्षा में साइकिल से सड़क पार करते वक़्त अचानक एक तेज़ रफ़्तार बस मुझे क़रीब से छूते हुए गुज़री थी। दस मीटर पहले ही बस स्टॉप था। मुझे लगा वह वहाँ रुकेगी। लेकिन वह न थमी। मैं अपनी धुन में था। यकायक बस के सामने आ जाने से पहली दफा मैंने अपनी आँखें फटती हुई महसूस की थीं। मुझे अपनी साँसों का थमना महसूस हुआ था। फेफड़े श्वास नली तक उछल गए थे। थूक की एक बूँद किस ढंग से घिसटती हुई मेरे गले से नीचे उतरी, वह मैं आज भी भलीभाँति जानता हूँ। मेरे बदन के अंदर क्या चलता है, उस एक पल ने मुझे समझा दिया। हालाँकि मैं बच गया था, लेकिन रावी की निर्मल हँसी से टकराती अपनी साँसों को महसूस करके लगा नहीं कि इस बार बच सकूँगा!

मैं यह जानता था कि मेरे अंदर क्या चल रहा है, किंतु मैं यह नहीं समझ पा रहा था कि मेरे बाहर की दुनिया किस तरह इतनी तेज़ी से हसीन हुई जा रही है। मैं जिन जज़्बात से आज तक अछूता था, ऐसा लगता था कि आज उन्हें आसानी से छू सकता हूँ। पर छूकर उनका क्या करना है, यह मुझे नहीं पता था। रावी मेरे सामने बैठी बिना बात हँस रही थी। मैं चुप रह देर तक उसके चटनी लगे कोमल होठों को देखकर आश्चर्य करता रहा कि इन्हें मैंने आज तक कैसे नहीं देखा। और आज जब मैं इन्हें देख चुका हूँ तो मैं इतना चाहते हुए भी आर्किमिडीज़ की भाँति 'यूरेका' का शोर मचाते हुए सड़क पर नंगा क्यों नहीं दौड़ पा रहा? क्या मैंने कोई महत्त्वपूर्ण खोज की है? हाँ! बेशक! और मुझे अपनी नई खोज का जश्न मनाने से हिचकना नहीं चाहिए। मैं शोर मचाते हुए दौड़ना चाहता था, और मैं निकल पड़ा।

बारिश की फुहारें बंद हो चुकी थीं। बाइक स्टार्ट की तो रावी फुर्ती से आकर मेरे पीछे बैठ गई। उसके हाथ में अभी तक एक पकौड़ी बाक़ी थी। न चाहते हुए भी रियर व्यू मिरर में पकौड़ी चबाती उसके होठों की छवि मैं अपलक निहार रहा था। मुझे अपनी ही बाइक के आइने में देखते हुए किसी चोर-सा महसूस हुआ। जो बिन ज़ाहिर हुए किसी लड़की के निजी पलों में सेंध मार रहा हो। मेरी पलकें आप ही पलभर को बुझ गईं। पर अगले ही पल वे खुली हुई उसी बीते दृश्य को अपनी क़ैद में लेना चाह रही थीं। मुझे पूरा यक़ीन

था, मेरी यह चोरी कभी नहीं पकड़ी जा सकेगी। क्योंकि मैं जानता था कि खाते वक़्त उस लड़की का ध्यान खाने के सिवा और कहीं नहीं भटक सकता।

"दो मिनट इंद्रपुरी में गाड़ी रोकना।"

मेरे कानों में रावी की आवाज़ पड़ी।

'रोकना' शब्द मेरे दिमाग ने किसी आपातकालीन निर्देश की तरह समझा और मैंने तुरंत ब्रेक लगा दिए। झटके में रावी का सर मेरे कंधे से जा टकराया। मेरे कंधे को यह अजीब लगा। एक गहरी सांस के बाद वह बिन बताए ढीला पड़ गया। लगता था जैसे पूरे बदन में किसी ऊर्जा का संचार हो रहा हो, लेकिन सिर्फ़ दायाँ कंधा पैरालिसिस अटैक का शिकार है।

रावी बिन कुछ कहे उतरकर सामने दुकान में प्रवेश कर गई।

मैं वहीं अपनी बाइक सँभाले उसके जाने को देखते रहा।

हम दोनों इंजीनियरिंग के पिछले दो सेमेस्टर्स से एक-दूसरे को जानते थे। इस दौरान वह सैकड़ों-हज़ारों बार मेरे सामने से गुज़री होगी, लेकिन यह पहली बार था, जब मैं उसका जाना देख रहा था। इस बात का बोध होते ही मुझे अपने और जाती हुई रावी के बीच एक विस्मय का पथ बनता नज़र आने लगा।

क़रीब तीन मिनट बाद वह लौटी, तो उसके हाथ में एक काले रंग की थैली थी।

"ये क्या ले आई ?" मैंने तुरंत सवाल दागा।

"सेनेटरी नैपकिंस।" इतना कहकर वह उचक कर गाड़ी पर बैठ गई।

इसके बाद हमने पूरे रास्ते एक-दूसरे से कोई बात न की। बकबक करती रहने वाली रावी जाने क्यों चुप थी। मैं भी कुछ बोल न सका कि मेरे मन में उसके कहे हुए आखरी शब्द बार बार गोते खा रहे थे। 'सेनेटरी नैपकिंस'।

मुझे याद है, पिछली दफा ग्यारहवीं कक्षा में प्रवीण ने आकर हम सारे लड़कों को यह बात बताई थी कि सृष्टि आज इसलिए स्कूल से जल्दी घर लौट गई, कि उसकी सफ़ेद स्कर्ट पर खून के धब्बे लग गए थे। इस पर किसी लड़के ने कहा कि उसके पास सेनेटरी नैपकिन नहीं होगा। यह बात जानकर सारे लड़कों को जाने क्यों इतना मज़ा आया था। अगले एक महीने तक यह

हम लौंडों के बीच मज़ाक का विषय रहा। जब कभी कोई लड़का क्लास में देरी से पहुँचता, या किसी दिन न आता, तो बाक़ी लड़के उससे यही पूछा करते, "अबे, आया कैसे नहीं? तू भी सेनेटरी नैपकिन भूल गया था क्या?"

मुझे बेशर्मी की बीती बातें सोचकर रास्ते भर अपने आप से घिन आती रही। मेरे विचार और मेरे मज़े के कारण कितने अभद्र थे। तेज़ी से गाड़ी भगाते हुए मैं अरेरा कॉलोनी में रावी को छोड़कर वापस अपने घर लौट आया।

शाम जैसे-तैसे दोस्तों के साथ इधर-उधर की बातें और घर के काम करते हुए बीत गई। लेकिन रात को जैसे ही मैंने स्टडी टेबल पर आकर किताब खोली, हर अक्षर में मुझे रावी का चेहरा नज़र आने लगा। मैं दिमाग़ में उभरी उसके होठों की तस्वीर झटककर जब काम पर दोबारा लगता, तो कहीं पीछे से मुझे उसकी बेलौस हँसी सुनाई देती। मैं सोचता रहा कि हर बार मैं रावी की बातें किसी न किसी बहाने टालता रहा हूँ। और देखो न, आज भी तो मैंने उसे घर छोड़ने के लिए शुरू में मना ही किया था। लेकिन जाने क्यों रावी फिर भी अपने कामों के लिए मुझ पर निर्भर रहा करती है?

हो सकता है कि वह मुझे चाहती हो। पर ऐसा होगा क्यों? मुझसे कई बेहतर लड़के दिनभर कॉलेज में रावी के आगे पीछे मंडराते रहते हैं। रावी कितनी सुंदर है। बड़ी बड़ी आँखें हैं। तीखी सी नाक। और उसकी गेंहुए रंग की ठुड्डी पर जो छोटा-सा तिल है, वह किसी को भी उस पर मोहित करने के लिए काफी है।

मैं हज़ार बहाने बनाकर इस ख़याल को झुठलाने का प्रयास कर रहा था कि हो सकता है रावी मुझे चाहती हो। हालाँकि मेरे मन का सबसे निर्मल कोना इतनी मशक़्क़त के बाद भी कहीं-न-कहीं यही चाहता था कि रावी मेरे प्यार में पड़ी हो।

अगले कई दिनों तक मेरे मन की हर कुर्सी पर रावी ही बैठी रही। मैं उसे क्लास में बैठकर दिन-दिन भर तक निहारने लगा। सहेलियों के बीच से आती उसकी हँसी को सुनने की कोशिश करता। वह पास होती तो अपनी नाक पर ज़ोर डालकर उसे दूर से ही सूँघता। और जब वह चली जाती तो अपनी साँसों में छूट गई उसकी महक अन्य क्रियाओं के दौरान बीच बीच में महसूसता।

"तुझे पता है अनुराग चौधरी का ब्रेकअप हो गया?" एक दिन फिजिक्स क्लास में मेरे बग़ल वाली सीट पर बैठी रावी फुसफुसाई।

"शिल्पा से?" मैं उसी की नक़ल में फुसफुसाया।

"नहीं तो और किससे बेवकूफ? मुझसे?"

"चलो अच्छा है□ अब तुम उसपर ट्राई मार लेना।"

"ओ हेल्लो! मैं क्यों मारने लगी उसपे ट्राई! आए रीयली डोंट केयर अबाउट हिम। हाँ माना कि बंदा हैंडसम है, पर उससे क्या?" यह कहते हुए रावी के चेहरे पर एक अजीब किस्म की मुस्कान थी। जैसे छोटे बच्चे अक्सर कोई चोरी पकड़े जाने पर दांत से बचने के लिए खिलखिला देते हैं। वह भी अब उसी तरह खिलखिला रही थी।

मैं नहीं जान पा रहा था कि यह खिलखिलाहट हर बार की तरह आदतन है, या आज अनुराग के ब्रेकअप को लेकर वह ख़ुश है।

मैं इस हँसी को देखकर ख़ुश नहीं हुआ।

"यार, तू तो जानता है न कि वो शिल्पा मुझे ज़रा भी पसंद नहीं। उसे किसी की रेस्पेक्ट नहीं। अपने बाप के पैसों पर उड़ती रहती है। पोलाइटनेस क्या होती है, यह उसे पता भी नहीं होगा।

यूँ तो अनुराग भी बड़े बाप की बिगड़ी औलाद ही है, लेकिन दिल का बुरा नहीं है। क्लास में टीचर्स से एटलीस्ट मैनर्स से तो बात करता है। हेल्पफुल भी काफी है।

"पता है तुझे, पिछली बार जब आकांक्षा की गाड़ी का टायर रास्ते में पंक्चर हो गया था, तो वही उसकी गाड़ी घसीटते हुए पंक्चर शॉप तक लेके गया था। वरना बेचारी आकांक्षा वहाँ ख़ाली सड़क पर अकेली खड़ी क्या ही कर लेती?"

"हम्म!"

हमारी बातों के बीच देखते ही देखते फ़िज़िक्स पीरियड ख़त्म हो गया। सर क्लास में विद्यार्थियों की प्रतिक्रिया से ख़ुश नहीं थे, सो वे आज बिना अटेंडेंस लिए ही चले गए।

"यार तुझे पता है, मुझे अच्छा नहीं लगता जब दो साथी अलग होते हैं।"

इतना कहकर रावी ने मेरे कंधे पर अपना सर टिका लिया।

यह मेरे लिए बिलकुल नया था। इससे पहले आज तक ऐसा कभी नहीं हुआ था कि कोई लड़की मेरे इतना क़रीब आई हो। लड़की क्या, मैं किसी के कभी इतना पास नहीं रहा। घर का इकलौता लड़का था, मम्मी-पापा दोनों सुबह ऑफ़िस चले जाते तो सीधा शाम को ही लौटते। तीसरी कक्षा से ही घर में अकेले रहना सीख गया।

अक्सर अकेला आदमी तन्हाई से घबराना बहुत जल्दी छोड़ देता है। तन्हाई में उसे अपना पक्का साथी दिखाई देने लगता है, जिसकी गोद में सर रखकर अपना हर सुख-दुख साझा किया जा सके। अकेलापन एक समय बाद इतना भाने लगता है, कि गर इसके सिवा कोई तत्व कभी कहीं से तन्हा आदमी के क़रीब आना चाहे तो उसके अंदर विचलन के घने जंगले पनपने लगते हैं।

मैं रावी का सर अपने कंधे पर पूर्ण रूप से महसूस कर पा रहा था। कंधे के जिस हिस्से पर उसका सर था, वहाँ एक किस्म का दबाव बन गया, जो मेरी ज्ञानेंद्रियों तक पहुँच रहा था। मैंने अचानक महसूस किया कि मेरी साँस रुकी हुई है। इसका बोध होते ही तुरंत मेरी श्वास नलिकाओं ने रुकी हुई साँस बाहर छोड़ी और नई हवा अपने अंदर खींचने में लग गई। रावी के बालों से ख़ुश्बू आती थी। किसी एफ़.एम.सी.जी. प्रोडक्ट की ही ख़ुश्बू।

मैं उससे पूछना चाहता था कि वह कौन-सा शैम्पू इस्तेमाल करती है, लेकिन हिम्मत नहीं हुई। अब तक मेरी छवि उसके सामने एक सुलझे हुए समझदार व्यक्ति की बनी हुई थी। मेरा एक भी बचकाना सवाल मेरी छवि पर दाग लगा देता। और हो सकता है उसके बाद रावी मुझे कमतर आँकने लगती व अपनी निर्भरता मुझपर से त्याग देती। अगला एक हफ्ता मैंने सुपर मार्केट्स में जा जा कर शैम्पू की अलग अलग बोतलों को सूँघकर रावी के बालों की ख़ुश्बू ढूँढने में बिताया। मैं उस दौरान भोपाल में उपलब्ध हर ब्रांड के शैम्पू की महक जान चुका था। पर रावी के बालों की ख़ुश्बू नहीं मिलनी थी, सो नहीं मिली।

हालाँकि इस दौरान यह ख़याल भी मेरे मन से किसी तरह न जा सका कि रावी कहीं-न-कहीं अनुराग चौधरी से सम्मोहित है। मुझे यह सोचकर कभी

ग़ुस्सा आता, तो कभी रुआँसा हो उठता। मैंने रावी से क्लास के बाद मिलना जुलना भी ज़रा कम कर दिया। रावी ने कई बार जबरदस्ती अपने साथ कैंटीन ले जाने की कोशिश की, लेकिन मैं पढ़ाई या किसी काम के बहाने से दूर ही रहता। आदमी अपने अहंकार से इतना डरा हुआ होता है कि जब भगवान को असल मायनों में मानना शुरू करता है, तो मंदिर जाना छोड़ देता है। मानना होगा कि रावी से दूर रहने के लिए मेरे अहम ने मेरा ख़ूब साथ दिया।

कॉलेज में अपना ध्यान भटकाने के लिए मैं अक्सर लाइब्रेरी जाकर बैठने लगा। यूनिवर्सिटी टोपर अवनि हमेशा वहीं बैठी मिलती। अपने शांत स्वभाव के कारण वह मुझे हमेशा से अनअप्रोचेबल ही लगी थी। लेकिन अब गाहे-बगाहे विषयों के कठिन प्रश्न हम साथ बैठकर हल करने लगे। अवनि बिलकुल झल्ली थी। पढाई के सिवा उससे किसी और विषय पर बात कर पाना असंभव-सा लगता।

रावी आसपास नज़र आती तो मैं भाग कर लाइब्रेरी चला आता। हालाँकि ख़ुद का यही बर्ताव मुझे अंदर ही अंदर चुभता था। मन के फूलों से दूर बेमन के काँटों में प्रवेश चुभेगा नहीं तो क्या ही होगा!

न्यू ईयर पर मैं रावी की ज़िद को टाल न सका। नूडल्स खाने उसके साथ कैंटीन जाना ही पड़ा।

वह बोली, "देख रही हूँ, तू इन दिनों मुझे भूल गया है।"

"मुझसे दोबारा यह न कहना रावी। तुम्हें लगता है मैं तुम्हें भूल सकता हूँ?"

"अरे बुद्धू आदमी! ज़रा-ज़रा सी बात पर बुरा क्यों मान जाता है? अब मज़ाक भी नहीं कर सकती क्या?"

"मज़ाक कर सकती हो। मैं बुरा नहीं माना। तुम मज़ाक नहीं करोगी तो मेरा जीवन नीरस पड़ जाएगा। इट विल लूज़ ऑल इट्स फ्लेवर।"

"झूठे! फ्लेवर तो मैं देख रही हूँ आजकल अवनि ने घोल रखा है। चल अब सच बता, कुछ चल रहा है क्या तुम दोनों का? एनी सीन?"

"उसके इस प्रश्न पर मैं कुछ नहीं कह पाया। क्या ही कहता? कि मुझसे अपने मन की कभी नहीं होती? मेरे कार्य मेरी चाहतों से उलट हैं? मुझे ख़ुद

को ख़ुश रखना नहीं आता, न किसी दूसरे को आज तक ख़ुशी दे पाया हूँ। और मेरा कभी कोई सीन नहीं बन सकता?"

"ओए तू पैसे लेने लगा है बोलने के?"

"नहीं रावी।"

"तो बता न फिर!"

"मुझे पसंद करती हैं अवनि। पिछले हफ़्ते शी प्रोपोज़्ड मी। आए सेड यस।"

मैं नहीं जानता मैंने ऐसा झूठ क्यों कहा। दर्द होता है जब मैं वे सारे काम करता हूँ, जो मेरे मन को इतने से भी पसंद नहीं। पर मैं हमेशा से ऐसा करता आया हूँ। और जाने कब तक करता रहूँगा। मैं शायद सैडिस्ट हो चुका हूँ, जिसे दूसरों को तकलीफ़ पहुँचा कर ख़ुशी मिलती है।

अगले पाँच मिनट मैं रावी को देखता रहा। उसने पलटकर मुझे नहीं देखा। नूडल्स उसकी चम्मच में नहीं समा रही थी। उसकी उँगलियों को किसी बात की ऐसी हड़बड़ी थी कि कुछ ही पलों की मशक़्क़त के बाद उन्होंने चम्मच को प्लेट के हवालेकर दिया।

रावी तुरंत उठी और हँसते हुए बोली, "चल चलते हैं। आज ये अच्छी नहीं बनी है।"

रावी चली गई। मैं चला गया। उसने मेरे आगे फिर कभी कोई ज़िद नहीं की। बस कभी-कभी क्लास में देखकर मुस्कुरा देती। मैं उस मुस्कुराहट के सहारे हफ़्तों जी जाता।

महीने गुज़र गए। साल बदल गए।

रावी से अब मैं दोबारा मिला हूँ तो बहुत कुछ पहले-सा नहीं रहा। परिवर्तन मुझे पसंद नहीं। पर अब इस बात को अपना चुका हूँ कि परिवर्तन ही प्रकृति का नियम है। चेंज इज़ दि ओन्ली कांस्टेंट। वो अब ख़ुश है। शादी कर चुकी। चानू भी आ गया है, उसका 3 साल का बेटा। कहता है मैं उसका फेवलेट अंकल हूँ। उससे मिले अभी 3 दिन ही बीते। कैसे मिला, यह नहीं बताऊँगा।

सोच रहा हूँ, चला जाऊँ। हमेशा के लिए। इन सबसे दूर। रावी से प्यार

है, हमेशा से। जब मन था इस बात को कहने का, तो नहीं कह पाया। आज जब नहीं कहना चाहता, तो हो सकता है हर बार की तरह कुछ उल्टा कर दूँ। उसकी पी.एच.डी. के सिलसिले में मिस्टर लाल से मिलवाने ले गया था, जो मेरे फादर के मित्र हैं। रावी को छोड़ने आया हूँ, उसके घर। आख़िरी बार शायद। रुकूँगा नहीं उसे बता चुका हूँ। चानू बाइक की आवाज़ सुनकर नैनी के साथ बाहर निकल आया है। मेरे बाय कहने पर पूछ रहा है, "अंकल, फिल आओगे न?"

और मैंने उससे कह दिया है, "हाँ, पक्का।"

***

चंद्रकांता

युवा लेखिका, संपादक व यूट्यूब नैरेटर चंद्रकांता की कर्मस्थली पालमपुर, हिमाचल प्रदेश है। चंद्रकांता हिमाचल कला संस्कृति व भाषा अकादमी के 'साहित्य कला संवाद' में मॉडरेटर हैं। इनका प्रथम काव्य संग्रह 'आई ऑब्जेक्ट' (I OBJECT) हाल ही में प्रकाशित हुआ है। यह हिंदी व अंग्रेजी का द्विभाषी काव्य संग्रह है। इनका प्रथम कहानी संग्रह व उपन्यास प्रकाशन के अधीन है। इनकी कई कहानियाँ पुरस्कृत हो चुकी हैं।

चंद्रकांता सिनेमा की बहुचर्चित वेबसाइट 'मैटिनी बॉक्स' के लिए नियमित लेखन, फ़िल्म समीक्षा व साक्षात्कार भी करती हैं। इसके अतिरिक्त ये हिंदी साहित्य की प्रयोगधर्मी वेबसाइट 'गजगामिनी' की संचालक भी हैं।

Contact : chandrakanta.miss@gmail.com

पॉपिंस विद लव

1

जेठ का महीना था, दिल्ली की आबो-हवा भट्टी की तरह सुलग रही थी। ऐसा लगता था दिल्ली की पीठ पर सूरज पूरी फ़ुर्सत से ठहर गया हो। तपती हुई ज़मीन से लगभग चालीस फ़ीट की ऊँचाई पर मेट्रो भाग रही थी जैसे आम आदमी दिन-रात भागता है। मेट्रो दिल्ली की लाइफ़लाइन है और सेंट्रल-वेस्ट दिल्ली के राजेंद्र पैलेस मेट्रो स्टेशन के पास इसका दिल जोरों से धड़क रहा था।

मेट्रो स्टेशन से उतरते ही सीधे हाथ को मुड़कर ठीक एक सौ पैंतीस क़दम चलने के बाद उल्टी तरफ़ एक गली आती है। गली के नुक्कड़ पर ही 'पंडितजी कॉफ़ी कार्नर' है, जिसकी छत पर आपको बाबा आदम के ज़माने का एक टूटा हुआ साइनबोर्ड बिजली के तारों के बीच बड़ी बेफ़िक्री से झूलता हुआ मिलेगा। पंडितजी की दुकान से आगे किसी नवविवाहिता की तरह सजा-सँवरा 'कैटरीना ब्यूटी पार्लर' है, लेकिन यह हमारी मंज़िल नहीं है। हमारी मंज़िल इससे दो फर्लांग आगे हमारा इंतज़ार कर रही है, जिसका नाम है, 'दिल्ली पेंटिंग एंड आर्ट इंस्टीट्यूट- वी क्राफ़्ट योर ड्रीम्ज़'।

यह इंस्टीट्यूट न केवल आपको चटकीले सपने दिखाता है, बल्कि उन पर ख़ूबसूरत रंगों की पुताई भी करता है। ये विज्ञापन की दुनिया इंसान से क्या न करवा दे! ख़ैर, आइए इसके काले रंग के गेट से भीतर झाँककर देखते हैं। लेकिन यह क्या! गेट के उस पार तो नीचे की तरफ़ जाने वाली सीढ़ियाँ बनी हुई हैं, जो बेसमेंट तक जाती हैं! अब सपनों तक पहुँचना इतना आसान थोड़ा

ही है, चलिए आगे बढ़ते हैं।

सुबह के 9:22 बज रहे हैं, बेसमेंट में फ़ाइन आर्ट की क्लास बस शुरू ही होने वाली है। गुलाबी टी-शर्ट और पीला ट्राउजर पहने हुए एक लड़की काग़ज़ पर पेंसिल को गोल-गोल घिसे जा रही है। एक बार वह घड़ी की सुई की दिशा में गोला खींचती है तो दूसरी बार उसके उलट दिशा में। लड़की थोड़ी सी ओवरवेट है, लेकिन दिखने में एकदम चुस्त लग रही है। कमान की तरह तनी हुई भौंहें और बॉबकट हेयरस्टाइल उस पर ख़ूब फ़ब रहा है। ब्रिटेन की राजकुमारी डायना याद है आपको! बस कुछ ऐसी ही सपनीली, बिंदास और बेख़ौफ़-सी पाखी को आज पूरे दो महीने और सात दिन हो चुके थे पेंटिंग क्लास में दाख़िला लिए हुए। उसके पास ही बैठा अनवर कनखियों से उसकी इस हलचल को नोटिस कर रहा था, उसने मुँह में पेंसिल दबाई हुई थी और दाँतों से उसे घिसे जा रहा था।

"पेंसिल टूट जाएगी!"

पाखी ने शरारत भरे लहजे में अनवर की तरफ़ आँख उठाकर कहा। उसके ये तीन शब्द अनवर को शर्म से पानी-पानी कर देने के लिए काफ़ी थे। कोई नदी या घाट होता तो अब तक उसमें समाधि ले ली होती, लेकिन क्लास छोड़कर कहाँ जाता! सो नज़र बचाने की असफल कोशिश करते हुए वह जस का तस ही बैठा रहा। ठीक इसी सेकेंड, क्लास में मिस शालिनी की एंट्री हुई तो बाल-बाल बचा बेचारा।

जीवन के 28 बसंत देख चुकी लंबी, छरहरी और मैगी की तरह घुँघराले बालों वाली मिस शालिनी नटराजन कोचिंग में फ़ाइन आर्ट्स पढ़ाती हैं। उनके आते ही भावनाओं का कंपन थोड़ा कम हुआ और क्लास की सामूहिक आँखें उन्हीं पर टिक गईं। इस पसीनातोड़ गर्मी में घुटन से भरे हुए बेसमेंट में उनका आना ऐसा था, जैसे सुबह-सुबह किसी ने टॉयलेट की बंद खिड़कियाँ खोलकर ऑडोनिल का गुलाब स्प्रे कर दिया हो।

"हाय गाइज़, हाउ आर यू? शो मी योर होमवर्क फ़ास्ट... यू नो आई एम आलरेडी लेट। पाखी तुम दिखाओ कल क्या प्रैक्टिस की तुमने!"

मिस शालिनी के मुँह से अचानक अपना नाम सुनकर पाखी सकपका गई।

"मैम, मैं... वो..."

"क्या मैं... क्या वो... ? मतलब आज भी तुमने प्रैक्टिस नहीं की! देखो, इस तरह तुम कैसे सीख पाओगी! यहाँ टाइम पास करने आती हो क्या ? सुनो! अगर क्लास के बाद तुम्हारे पास वक़्त हो तो राजेश से कुछ टिप्स ले लेना। अब एडमिशन लिया है तो कम-से-कम बेसिक्स तो सीख लो।"

पाखी एकदम अलर्ट होकर सुन रही थी।

"श्योर मैम।"

इतना कहकर पाखी पीछे की तरफ़ मुड़ी और उसने लास्ट डेस्क पर बैठे हुए राजेश की तरफ़ देखकर कहा, "राजेश सर, आज क्लास के बाद आप मुझे आधे घंटे का टाइम दे देंगे क्या ?"

औसत क़द-काठी, गहरे रंग, माथे तक ठहरे हुए काले सफ़ेद बाल और चेहरे पर भरी हुई दाढ़ी रखने वाला राजेश उत्तराखंड से था। पाँच साल का रहा होगा, जब उसके पिताजी मियादी बुख़ार से चल बसे, माँ म्युनिसिपल अस्पताल में नर्स हैं, बस कुल जमा इतना ही परिवार है उसका। लगभग साढ़े तीन साल पहले उसने यहाँ पेंटिंग सीखने की शुरुआत की थी। वह कोचिंग इंस्टीट्यूट के लिए आर्ट वर्क करता था और ज़रूरत होने पर नए बच्चों को सिखाता भी था। पैसे के नाम पर तो उसे ठेंगा मिलता था, लेकिन उसका रहने, खाने और पेंटिंग सीखने का जुगाड़ ज़रूर हो जाता था; फ़िलहाल इतना ही काफी था उसके लिए। राजेश को कभी किसी ने फ़ालतू की बात करते हुए नहीं सुना होगा। वह बहुत कम बोलता था, लेकिन जब बोलता था तो लगता था जैसे कोई बड़ा अनुभवी व्यक्ति बात कर रहा हो। इसी बात की इज़्ज़त करते हुए पाखी उसे राजेश सर कहकर बुलाती थी, हालाँकि उम्र का कोई बहुत अधिक अंतर नहीं था उन दोनों में।

राजेश पाखी की बात का जवाब दे पाता, उससे पहले ही क्लास में एक और आवाज़ गूँज पड़ी, "अरे! डोंट वरी पाखी जी। राजेश तो आजकल एक बड़ी-सी पेंटिंग बनाने में व्यस्त है, आप कहेंगी तो क्लास के बाद मैं आपकी हेल्प कर दूँगा- बस पंद्रह मिनट लगेंगे। आप रीना से मालूम कर सकती हैं, थ्री-डी में मेरा हाथ बहुत साफ़ है और स्क्रिबलिंग, वह तो मेरे बाएँ हाथ का

काम है! क्यों रीना?"

राहुल ने अपनी बात भी कह दी और रीना को आँख मारते हुए चुप रहने का इशारा भी कर दिया।

स्क्रिबलिंग? यह एक तरह की फ्री-हैंड आर्ट है। यह कुछ ऐसे है, जैसे छोटे बच्चे कॉपी में गुच्चड़-मुच्चड़ कर दिया करते हैं। लेकिन राहुल! यह कौन-सी बला थी?

काले रंग का मोटा-सा प्रोफ़ेसर ब्रांड चश्मा पहनने वाला राहुल स्वभाव से बहुत हँसमुख, लेकिन अव्वल दर्जे का ख़ुराफ़ाती था। राहुल को उसके भारी-भरकम शरीर और गोलगप्पे जैसे फूले हुए गालों की वजह से क्लास में सब गप्पू कहकर बुलाते थे। क्लास की ही एक प्यारी-सी लड़की रीना उसे ख़ूब पसंद करती थी। लेकिन गप्पू पाखी को पसंद करता था। जैसे कोई छिछोरा लड़का मोहल्ले की सबसे सुंदर लड़की का पीछा करने में मशक़्क़त करता है, ठीक वैसे ही गप्पू पाखी का पीछा किया करता था। क्लास के बाद जब पाखी घर के लिए निकलती, गप्पू बहाने से उसके साथ हो लेता।

बहरहाल, किसी तरह क्लास ख़त्म हुई। अनवर अपना बैग पैक कर रहा था। क्लास से निकलते हुए शरारत की नीयत से पाखी ने उससे पूछा, "अनवर सुनो, तुम्हारा मुँह एक तरफ़ से हमेशा थोड़ा फूला हुआ-सा क्यों रहता है? गुटखा खाते हो क्या?"

उसकी बात की प्रतिक्रिया में अनवर ने एक ख़राब-सा जेस्चर देते हुए कहा, "नहीं"

"अच्छा सॉरी... तो पॉपिंस खाते हो क्या?"

"नहीं, बचपन मे फोड़ा निकल आया था। ऑपरेशन करवाना पड़ा, तभी से मुँह ऐसा है।"

"ओह! आई एम सॉरी!" पाखी ने चिंता जताते हुए कहा।

"वैसे मुझे पॉपिंस बहुत पसंद है, पार्ले जी वाली। कम्बख़्त अब तो मिलती भी बहुत मुश्किल से है। सुनो, तुम्हें जब कभी मुझसे कोई बात मनवानी हो तो मेरे लिए ढेर सारी पॉपिंस ले आना। तुम्हारा काम फट से हो जाएगा, समझे मिस्टर कूल!"

"और हाँ, पेंसिल मत चबाया करो, सेहत के लिए हानिकारक होता है। तुम नहीं जानते, लेड होता है उसमें!"

"चलो सी यू! बाय-शाय! टाटा-वाटा!"

इतना कहकर पाखी मेट्रो पकड़ने के लिए निकल पड़ी। पंडित जी की दुकान पर उसका इंतज़ार करता राहुल एक बार फिर उसके साथ हो लिया। वैसे राहुल को जाना तो रेड लाइन पर होता था, लेकिन वह पकड़ता यलो लाइन था, ताकि उसे पाखी के सानिध्य का अनमोल सुख मिल सके। पाखी जैसे हसीन साथ के लिए दिल्ली मेट्रो से बेहतर हमसफ़र भला और कौन हो सकता था! आख़िर मेट्रो ने हज़ारों-लाखों गुल खिलाए हैं प्यार में। दिल्ली में आशिक़ी की सबसे तीखी गंध अगर आपको महसूस करनी हो तो दिल्ली मेट्रो से बेहतर विकल्प हो ही नहीं सकता।

मेट्रो अपने सुहाने सफ़र पर निकल चुकी थी। लेकिन क्या यह सफ़र सच में सुहाना रहने वाला था? शायद नहीं, राहुल के क्लास वाले बर्ताव से चिढ़ी हुई पाखी ने आज उसे टोक ही दिया।

"रीना बता रही थी कि तुम शाहदरा की तरफ़ कहीं रहते हो! फिर इस मेट्रो में क्या कर रहे हो? कहीं मेरा पीछा तो नहीं करते तुम! देखो, ज़्यादा दिल्लगी की ज़रूरत नहीं है..."

"अरे नहीं पाखी जी, ऐसा कुछ नहीं है। क्या मैं आपको इस तरह का लड़का लगता हूँ! केयर करता हूँ आपकी, बस इसीलिए आपके पीछे आ जाता हूँ। अगर आपको बुरा लगता है तो आई एम सॉरी। लेकिन प्लीज़ मुझे अपने साथ यहाँ तक आने के लिए मना मत कीजिएगा। आप कहेंगी तो मैं चुप रहूँगा। एक शब्द भी नहीं बोलूँगा सच्ची-मुच्ची!"

राहुल ने अपने गले को चुटकी-भर पकड़ते हुए क़सम खाने वाले अंदाज़ में कहा।

पाखी ने गहरी साँस ली।

"हम्म... देखो किसी भुलावे में मत रहना तुम। मेरे क्लासमेट हो, सबको गुदगुदाते रहते हो- बस, इससे ज़्यादा मेरा कोई इंटरेस्ट नहीं है तुममें। साफ़ कहना सुखी रहना, इसलिए मिस्टर गप्पू कोई ग़लतफ़हमी मत पालना। तुम

लड़कों का कोई भरोसा नहीं, कल को सबसे कहते फिरोगे कि मैंने ही तुम्हें लाइन दी थी। समझ गए? या और समझाऊँ?"

पाखी ने उसे लगभग वार्निंग देते हुए कहा।

पाखी एकदम बिंदास क़िस्म की लड़की थी। ग़ज़ब का दोस्ताना व्यवहार था उसका। मन में किसी के लिए कोई मैल नहीं रखती थी। बेमतलब का तो नहीं बोलती थी, लेकिन जब बोलना शुरू करती थी तो अच्छे-अच्छों की छुट्टी हो जाती थी उसके सामने। इसलिए राहुल से ऐसी बात कहते हुए उसे ज़रा भी हिचक महसूस नहीं हुई। पाखी का ऐसा मूड भाँपकर राहुल ने बात बदल दी।

"पाखी जी, आपको मालूम है मैं जल्दी ही अपना एनिमेशन सेंटर खोलने वाला हूँ, आप काम करेंगी मेरे साथ? मेरा मतलब है अगर आपको ठीक लगे तो... ठीक नहीं लगे तो मत कीजिएगा। ऐसा मान लीजिए कि मैं आपको जॉब ऑफ़र कर रहा हूँ। बॉस या एम्प्लाई बनकर नहीं, पार्टनर बनकर काम करेंगे अपन। बोलिए मंज़ूर है? देखिए, मैंने अभी तक यह बात किसी को नहीं बताई है, सिर्फ़ आपको बता रहा हूँ..."

"नहीं, मेरा एनीमेशन या उससे रिलेटेड किसी जॉब में कोई इंटरेस्ट नहीं है। तुमने तो देखा है अक्सर मैं अपना होमवर्क भी नहीं करती। यह ड्रॉइंग-पेंटिंग या क्राफ़्ट मेरे बचपन के शौक़ रहे हैं, पढ़ाई के चलते कभी इन्हें सँवारने का वक़्त ही नहीं मिला। बस थोड़ा हाथ साफ़ करने चली आती हूँ यहाँ। मैं इसे करियर की तरह नहीं देखती। पेंटिंग करना मुझे सुकून देता है... स्पिरिचुअल सेटिस्फेक्शन। स्पिरिचुअलिटी तो समझते हो ना?"

पाखी ने ऐसा राहुल को छेड़ने के मकसद से कहा। आख़िर समझदार को इशारा काफी है। फिर बेइज़्ज़ती सहने की एक सीमा भी होती है। वह सीमा कब छूटने वाली है, यह हमें मालूम होना चाहिए। ऐसे में बस पतली गली से निकल जाने में ही भलाई है। ग़नीमत है कि राहुल को यह सीमा मालूम थी। वरना आज तो बग़ैर बारात के उसका बैंड ही बज गया था।

"पाखी जी, मैं चलता हूँ। आपका स्टेशन भी आ गया है। ठीक है, फिर मिलते हैं। अच्छा सुनिए, आपको मालूम है, वह कॉर्नर वाले पंडित जी हैं ना,

बहुत बढ़िया कॉफ़ी बनाते हैं! सिर्फ़ उनकी कॉफ़ी पीने के लिए मैं रोज़ आधा घंटा पहले कोचिंग पहुँच जाता हूँ। देखिए, आपके पास समय हो तो कभी कॉफ़ी पीते हैं साथ में। कॉफ़ी मेरी तरफ़ से रहेगी।"

मेट्रो का दरवाज़ा खुल चुका था। पाखी ने बाहर निकलने के लिए अपना क़दम बढ़ाया। 'यू आर इंपासिबल', इतना बड़बड़ाकर उसने राहुल की बाक़ी बात को अनसुना कर दिया और सीधे सीढ़ियों की तरफ़ बढ़ गई।

2

क्लास अभी ख़त्म ही हुई थी। सब अपना सामान पैक कर रहे थे कि तभी पाखी ने महसूस किया उसकी बग़ल में बैठे हुए अनवर को शायद कुछ तकलीफ़ हो रही है। उसकी पेशानी पर पसीने की ख़ूब सारी बूँदें जमा हो गईं थीं। पाखी ने अपने बैग से पानी की बोतल निकालकर उसकी तरफ़ बढ़ा दी और सटाक से पूछा,

"चॉकलेट खाओगे?" लेकिन अनवर ने ना में सिर हिलाया।

"अरे शर्माओ नहीं, ले लो मेरे पास एक और है। तुम्हें थोड़ा ठीक लगेगा और एनर्जी आ जाएगी। गर्मी बहुत है ना शायद इसीलिए..."

"मैं रोज़े से हूँ, अभी तो पानी भी नहीं पी सकता।"

पानी की बोतल के लिए इनकार करते हुए अनवर का जवाब आया।

"रोज़े से हो! तुम सच में रोज़े रखते हो?" पाखी ने बहुत हैरानी ज़ाहिर करते हुए पूछा। यह पूछते वक़्त उसकी आँखों की पुतलियाँ विस्मय से फैल गईं।

"कमाल है, मुझे नहीं मालूम था कि आजकल की पीढ़ी भी धर्म में इतनी दिलचस्पी लेती है। यार, मुझे तो याद भी नहीं कि आख़िरी बार मैं कब मंदिर गई थी। हाँ, अक्सर लोटस टेंपल जाती हूँ जहाँ जाकर बहुत सुकून मिलता है। खैर! तुम नहीं समझोगे।"

"अच्छा, बाहर की फ्रेश हवा खानी है तो चलो, मैं तुम्हारा बैग पकड़ लेती हूँ! तुम प्लीज़ घबराओ मत, थोड़ी देर में अच्छा लगने लगेगा तुम्हें।"

अनवर भी पाखी की बातें सुनकर उतना ही हैरान था, जितना पाखी

उसके रोज़े वाली बात से थी। थोड़ी उखड़ी हुई आवाज़ में उसने कहा, "शुक्रिया आपका। लेकिन अभी ठीक हूँ मैं। और मेरा घर तो पास ही में है, फ़िक्र की कोई बात नहीं।"

"तो घर तक छोड़ दूँ आपको?"

"नहीं, मैं चला जाऊँगा। आप परेशान न हों।"

"ठीक है। अपना ख्याल रखो। बाय-शाय! सी यू, टाटा-वाटा और... हैप्पी रोज़ा।"

इतना कहकर वह मुस्कुराते हुए वहाँ से निकली और मेट्रो स्टेशन की तरफ़ बढ़ गई। बात-बात पर मुस्कुराना पाखी की आदत में था, लेकिन आज अनवर से विदा लेते वक़्त उसकी मुस्कुराहट में वह बात नहीं थी। उधर अनवर के मन में पाखी के लिए एक सॉफ़्ट कॉर्नर तो था, लेकिन आज उसे पाखी का इस तरह बात करना बिल्कुल अच्छा नहीं लगा। आख़िर धर्म किसी का व्यक्तिगत मसला है और किसी को कोई हक़ नहीं बनता कि वह उसमें अपनी टाँग अड़ाए।

अनवर हमेशा चेहरे पर हल्की-सी दाढ़ी रखता था। उसका मुँह दायीं तरफ़ से थोड़ा-सा टेढ़ा था। ऐसे लगता था जैसे उसके मुँह में एक तरफ़ टॉफ़ी या चुप्पा रखा हुआ हो। वह हँसते हुए मुँह पर हाथ रख लेता था। बहुत ख़ास तरीक़े की हँसी थी उसकी। वह हँसता... रुकता, फिर हँसता और फिर रुकता... उसकी हँसी खट-खट-खट चलती थी, मानो टाइपराइटर पर कोई खटाक-खटाक उंगलियाँ फेर रहा हो। एक और ख़ास आदत थी अनवर की, वह बीच की माँग निकालता था और हर दस मिनट के अंतराल पर अपने दोनों हाथ माथे तक ले जाकर अपनी लटों को पीछे की तरफ़ धकेल देता, जैसे लड़कियाँ अपने सामने की तरफ़ के छोटे बालों को सँवारती हैं। उसकी इन आदतों को लेकर पाखी अक्सर उसे छेड़ती थी।

3

आज शुक्रवार का दिन था। पाखी की पूरी कोशिश रहती थी कि इस दिन पेंटिंग क्लास मिस न हो, क्योंकि वीकेंड पर छुट्टी रहती थी। हमेशा की तरह

आज भी वह अनवर के पास वाले डेस्क पर बैठी थी। तभी उसका फ़ोन बज उठा। पाखी ने फ़ोन उठाया।

"यस डैड, बस अभी क्लास पहुँची हूँ। हाँ, मुझे याद है घर आते वक़्त पेस्ट्रीज़ लेकर आनी है आपका लाडला जो आ रहा है आज बंगलौर से। और कुछ?"

"नहीं बेटा, बस तू इतना कर दे यही बहुत है। चल फ़ोन रखता हूँ।" उधर से आवाज़ आई।

पाखी के पिता चाणक्यपुरी थाने में एस.एच.ओ. थे और माँ प्राइमरी स्कूल की टीचर थीं। उसका एक भाई था जो बंगलौर में किसी सॉफ़्टवेयर कंपनी में ट्रेनी था। क्लास शुरू होने में अभी कुछ देर बाक़ी थी। बाहर रेडियो पर एक पुराना गाना बज रहा था, जिसकी लड़खड़ाती हुई आवाज़ भीतर भी आ रही थी। 'तुमने कभी किसी से प्यार किया है... प्यार भरा दिल किसी को दिया है...', गाना सुनकर पाखी भी साथ में गुनगुनाने लगी। फिर पता नहीं उसे क्या सूझा, उसने अनवर की तरफ़ देखकर पूछा, "तुमने कभी किसी से प्यार किया है? प्यार भरा दिल किसी को दिया है?"

और इतना कहकर वह मुस्कुरा दी। पाखी ने यह बात बेहद सहजता से और गाने के असर में कही थी, लेकिन उसकी इस बात ने अनवर को असहज कर दिया। आख़िर पूरे साढ़े तीन मिनट बाद उसका मौन टूटा।

"हमारे यहाँ दूसरों में शादी नहीं की जाती। और शादी अम्मी-पापा तय करेंगे।"

ऐसा लगता था जैसे अनवर किसी बात से घबरा गया हो। पाखी को उसका यह जवाब बड़ा ही अटपटा-सा लगा। उसे अनवर से इस तरह की प्रतिक्रिया की उम्मीद बिलकुल भी नहीं थी। इसी असमंजस में वह बोली, "शादी! लेकिन शादी जैसी बात तो मैंने की ही नहीं! तुम कभी नॉर्मल भी होते हो या नहीं! अपने बनाए हुए खोल से बाहर निकलो। दम नहीं घुटता तुम्हारा!"

दोनों में शायद कुछ और संवाद होता, लेकिन तभी क्लास में मिस शालिनी आ गईं और दोनों तरफ़ की बात अधूरी ही रह गई।

4

वीकेंड के बाद आज क्लास का पहला दिन था। हमेशा बकबक करते रहने वाली पाखी ने आज होठों पर चुप्पी ओढ़ रखी थी। अनवर उससे बात करना चाहता था। वह एक क़दम थोड़ी हिम्मत करता, उसका अंतर्मुखी व्यवहार उसे दो क़दम पीछे खींच लेता। कुछ कहने और नहीं कह सकने की कशमकश में अनवर की आवाज़ उसके गले में ही सिकुड़कर रह गई। आज सब कुछ अजीब-सा था। पाखी ने अपनी तरफ़ से भी उससे कोई बात नहीं की, हैलो तक नहीं बोला। और सबसे बड़ी कमाल की बात तो यह थी कि आज वह अपना होमवर्क भी करके लाई थी। मिस शालिनी के क्लास में आते ही पाखी ने बगैर कहे अपनी फ़ाइल उसकी तरफ़ बढ़ा दी। मिस शालिनी ने प्रोजेक्ट फ़ाइल के दो चार पन्ने उल्टे-पलटे और ख़ुश हो गई।

"वेरी गुड, फ़ाइनली तुमने कुछ काम किया। गुड जॉब! कीप इट अप! वेल, आज हम पेड़ बनाना सीखेंगे। हाउ टू ड्रॉ ट्रीज़ ऑफ़ डिफरेंट शेप्स। आप सभी अपनी टू-एचबी पेंसिल निकाल लीजिए।"

यह कहकर मिस शालिनी ने रीना के हाथ से उसकी कॉपी ली और फटाफट अलग अलग किस्म के कुछ पेड़ बना डाले। अनवर अब भी परेशान था, उसे समझ ही नहीं आ रहा था कि आख़िर वह किस तरह पाखी से बात करे। इधर पाखी की नजर मिस शालिनी के हाथ पर थी और उधर अनवर की नजर पाखी पर। क्लास ख़त्म होने के बाद आख़िरकार पाखी अनवर के पास आई और बोली, "तुम्हारी होमवर्क वाली फ़ाइल मिलेगी? कल वापस कर दूँगी।"

अनवर ने बग़ैर एक भी पल गँवाए अपने बैग से फ़ाइल निकाली और चुपचाप पाखी की तरफ़ बढ़ा दी।

"थैंक यू!" पाखी ने धीमे से कहा।

दोनों की नज़रें कोई बीस सेकेंड तक टिकी होंगी एक-दूसरे पर। इस दौरान उन्होंने एक-दूसरे से कुछ कहा हो या कोई शिकायत की हो, यह तो वो दोनों ही बता सकते थे।

5

खिला हुआ आसमान था, हल्की गुनगुनी-सी कुछ तेज धूप थी। बादल और सूरज लुका-छिपी खेलने में मशग़ूल थे। मई-जून के उबलते हुए 47 डिग्री तापमान के बीच ऐसा मौसम बस क़ुदरत की नेमत ही समझो। गर्मी और बेचैनी इतनी अधिक बढ़ गई थी कि आसमान शायद उसका बोझ नहीं उठा पा रहा था। कुछ तो अलग था आज के मौसम में। पंडितजी कॉफ़ी कॉर्नर पर कुछ स्टूडेंट्स की भीड़ खड़ी थी। राहुल के एक हाथ में फ़ोन था और दूसरे में कॉफ़ी। कॉफ़ी का सिप लेते हुए उसने देखा कि सामने से पाखी चली आ रही है। उसकी तो लॉटरी लग गई थी। उसने अपनी पूरी कॉफ़ी एक घूँट में ख़त्म की और इस चक्कर में अपना मुँह भी जला लिया।

"अरे पाखी जी आप! आज इतना जल्दी अभी से! मेरा मतलब... कॉफ़ी पिएँगी आप?"

"हाँ।"

पाखी हाँ कर देगी, यह तो राहुल ने कभी सोचा ही नहीं था। पाखी की बात सुनते ही वह फूलकर कुप्पा हो गया। उसके मोटे-मोटे गालों में अब किसी भी वक़्त विस्फोट हो सकता था। उसने फटाफट दो कॉफ़ी बनाने का ऑर्डर दिया। पंडितजी को अहसास था कि राहुल पाखी को पसंद करता है। उन्होंने अक्सर राहुल को पाखी के पीछे-पीछे मेट्रो स्टेशन तक जाते हुए ताड़ा था। राहुल तो ख़ुश था ही, पंडित जी भी हिचकोले ले रहे थे। ख़ुशी इतनी कि उन्होंने कोई ज़ोरदार पुरबिहा तान छेड़ दी और आस-पास का माहौल कुछ देर के लिए ही सही, संगीतमय हो गया।

हल्की-फुल्की बातचीत के दौरान राहुल ने उसे बताया कि वह दो हफ़्ते के किसी एनिमेशन कोर्स के लिए मुंबई जा रहा है। इस पूरी बातचीत में केवल एक बात ख़ास थी कि आज पाखी ने राहुल के कॉफ़ी पीने के ऑफ़र को ठुकराया नहीं था।

"पाखी जी, आज क्लास के बाद मैं आपके साथ नहीं चल सकूँगा। वापसी में मुझे बहुत से ज़रूरी काम निपटाने हैं। वो परसों ही मुंबई के लिए निकलना है न..."

"सच्ची-मुच्ची!"

पाखी ने राहुल के ही स्टाइल में अपने गले को चुटकी भर पकड़ते हुए कहा। और दोनों एक साथ हँस दिए।

कॉफ़ी ख़त्म हुई और दोनों क्लास की तरफ़ बढ़ गए। इधर वो दोनों क्लास में दाख़िल हुए और उधर अनवर भी आ गया। उसने अपना बैग रखा, अपनी फ़ाइल व रंग निकाले और आदतन अपने बालों पर हाथ फेरने लगा। पाखी भी अनवर के पास वाली डेस्क पर आकर बैठ गई और उसकी होमवर्क की फ़ाइल लौटाते हुए कहा, "थैंक यू! कैसे हो तुम?"

"अच्छा हूँ, आप कैसी हैं?" अनवर ने धीमे से कहा।

"आई टू एम गुड, काफी अच्छी ड्राइंग है तुम्हारी। ख़ूबसूरत पेड़ बनाते हो, उम्मीद है जब इन पेड़ों में रंग भरोगे, तब भी ये इतने ही ख़ूबसूरत लगेंगे। गुड लक!"

क्लास के बाद अनवर घर वापस आ चुका था। शाम को कुछ घंटे वह बच्चों को ट्यूशन दिया करता था। उसे बच्चों के साथ वक़्त बिताना अच्छा लगता था। उसके पिता ठेकेदार थे और माँ होममेकर। उसकी दो बहनें थीं, जिनकी शादी हो चुकी थी। जैसे ही वह ट्यूशन ख़त्म कर फ्री हुआ, अम्मी ने उसे रोज़ा खोलने के लिए आवाज़ लगाई। इफ़्तार पूरा कर वह अपने कमरे में गया और लैंप जलाकर बैठ गया। आज क्लास में उसने बादल बनाने सीखे थे। अनवर ने अपनी होमवर्क की फ़ाइल खोली, उसे महसूस हुआ जैसे फ़ाइल से निकलकर कुछ नीचे गिरा है। उसने देखा कि एक सफेद रंग का कागज़ नीचे गिरा हुआ था। उसने कागज़ उठाया और खोलकर देखा तो उसमें कुछ लिखा हुआ था-

"शायद वो पहला क़दम था तुम्हारी तरफ़। आज दूसरा ही दिन था। मैं क्लास में आई, उस दिन पीछे की एक सीट को छोड़कर बाक़ी सब भर चुकी थीं। मालूम नहीं तुमने मेरे चेहरे पर पीछे बैठने की शिकन का वह भाव कब और कैसे पढ़ लिया! तुमने मुझे अपनी सीट पर बैठने को कहा। मैंने भी इनकार नहीं किया और तुम्हारी सीट चुरा ली। उसके बाद अक्सर मैं तुम्हारे पास वाली सीट पर ही बैठती। तुमसे बात करना आसान था, मैंने अक्सर

पढ़ा था तुम्हारा वह मन, जिसकी दिलचस्पी मेरे शरीर की गोलाई नापने में बिल्कुल नहीं थी...

आज तुम्हारी फ़ाइल को छूते हुए मालूम नहीं क्यों मुझे ऐसा लगा, जैसे मैं उन काले सफेद पन्नों को नहीं, तुम्हें छू रही हूँ। तुम सोच सकते हो कि मुझे ऐसा क्यों लगा? लेकिन मेरे पास इसका कोई सीधा जवाब नहीं है। अपने व्यवहार से तुमने बहुत बार मेरे मन को छुआ है। मुझे तुमसे प्यार नहीं है, लेकिन तुम्हारी सादगी और तुम्हारा मेरी फ़िक्र करना मुझे हमेशा तुम्हारी तरफ़ आकर्षित करता है।

उस दिन तुम्हारा रोज़ा था और मुझे धर्म को लेकर तुमसे इस तरह से बात नहीं करनी चाहिए थी। मुझे तुम्हारी भावनाओं का सम्मान करना चाहिए था। लेकिन तुम्हें भी प्यार वाली उस बात पर इस तरह की प्रतिक्रिया नहीं देनी चाहिए थी। तुम शादी और प्यार के बीच मज़हब को ले आए। सच कहूँ तो मुझे बिल्कुल अच्छा नहीं लगा।

एक आम आदमी को जीने के लिए धर्म की ज़रूरत पड़ती है, लेकिन कोई भी धर्म या कोई भी मज़हब इंसान से ऊपर तो नहीं हो सकता! फिर प्यार कब से हिंदू या मुस्लिम होने लगा! ये सब तो मज़हब के चोचले हैं। प्यार तो अपने भीतर हर बाँट को समाहित कर लेता है तो मज़हब की क्या हैसियत! जिस दिन तुम प्यार के सही मायने समझ जाओगे, उस दिन मज़हब तुम्हारे सामने होगा, लेकिन वह तुम्हें दिखाई नहीं देगा।

हो सकता है तुमसे प्यार करने की कोई एक संभावना होती। लेकिन मैंने महसूस किया है कि जीवन और प्यार को लेकर हमारे फ़लसफ़े बहुत अलग हैं।

कभी-कभी अपने ख़यालों के भीतर धँसकर मैं सोचती हूँ, अगर मैंने तुमसे प्यार किया होता तो मैं उन्मादी नदी की तरह तुम्हारे भीतर उतर जाना चाहती। मैं आटे में नमक की तरह तुममें गुँथ जाना चाहती। मैं चाहती कि तुम दुनिया के सबसे कोमल फूल की तरह मुझे सहेज कर रखते। मेरे बालों में अपनी उंगलियाँ उलझाकर पूरी फ़ुर्सत से उन्हें सुलझाते। हम घंटों किसी ख़ाली पार्क की बेंच पर या समुद्र के पास किसी निर्जन टीले पर बिताते। तुम मुझे

छेड़ते... मैं चिढ़ जाती... मैं तुम पर नाराज़ होती और फिर तुम मुझे खींचकर अपनी बाहों में भर लेते। मैं तुम्हारी परछाई को अपनी पलकों पर देख सकती और उसका काजल बनाकर तुम्हें अपनी आँखों में भर लेती।

काँटों से पसरी हुई किसी अभागी ज़मीन पर हम साथ मिलकर फूल उगाते। सूखे पड़े हुए उदास पत्तों पर हम मिलकर अपनी चाहतें लिखते।

जानते हो कल रात मैंने एक सपना देखा- बसंत के हरे रंग में लिपटी हुई मैं तुम्हारी तरफ़ दौड़ी चली आ रही हूँ। कहीं से ट्रेन के छूटने की आवाज़ आ रही। मैं पीछे पलटी और वापस तुम्हारी तरफ़ देखा, तुम्हारे दोनों हाथ इबादत के लिए उठे हुए थे। ट्रेन की धकड़-धकड़ सुनकर मैं फिर पलटी और फिर तुम्हारी तरफ़ देखा। इस बार तुम्हारे हाथों में हल्दी थी। मैं कुछ समझ पाती, इससे पहले तुम आगे बढ़े और मेरा चेहरा हल्दी से सने अपने हाथों में भर लिया...

फिर मैं जाग गई, लेकिन तुम वहाँ नहीं थे।

कभी किसी एक पल के लिए मुझे लगता है कि तुम्हारे मन में मेरे लिए एक सॉफ़्ट कॉर्नर है, लेकिन तुम कह नहीं पाते। मैं पूरी तरह से ग़लत भी हो सकती हूँ, लेकिन मैं ये भी जानती हूँ कि प्यार, प्यार की गंध पा ही लेता है।

पाखी।"

6

आज भी रोज़ की तरह क्लास हुई। मिस शालिनी आईं और सिखाकर चली गईं। पाखी अपना सामान पैक कर रही थी और अनवर इत्मीनान से बैठा उसे देख रहा था। क्लास से सब जा चुके थे सिवा उन दोनों के। अनवर ने पाखी को लाल रिबन में लिपटा एक बॉक्स देते हुए कहा, "ये आपके लिए है।"

"क्या है इसमें?" पाखी ने पूछा।

"खोलकर देखिए।"

"तुम ही बता देते।"

इतना कहकर पाखी रिबन हटाकर बॉक्स को खोलने लगी। बॉक्स में उसकी फेवरेट पार्लेजी पॉपिंस थी। पाखी के लिए इससे बड़ा सरप्राइज़ और क्या हो सकता था! पॉपिंस देखकर वह खिलखिला उठी। जब हमें कोई

उम्मीद न हो और कोई ख़ूबसूरत सरप्राइज़ मिल जाए तो हमारी ख़ुशी की कोई सीमा नहीं रह जाती। पाखी बगैर कुछ सोचे समझे अनवर के गले लग गई। अब यह ख़ुशी पॉपिंस मिलने की थी या इस बात की कि यह सरप्राइज़ उसे अनवर से मिला था, यह तो केवल वही बता सकती थी।

इस बात का एहसास होने पर कि उसने कुछ अजीब हरकत कर दी है, उसने अपनी बाँहों की गिरह खोली और तुरंत थोड़ा पीछे की तरफ़ हट गई। उसने ऐसे जताया, जैसे सब कुछ बहुत नॉर्मल हुआ हो।

"थैंक यू सो मच! मुझे तो लगा कि अब तुम कभी मुझसे बात नहीं करोगे। और तुम्हें याद रही वो पॉपिंस वाली बात! चलो, अब बता भी दो कि मुझसे कौन सी बात मनवानी है तुम्हें। जहाँ तक मुझे लगता है तुम्हारे काम आ सकने लायक मेरे पास कुछ नहीं है, फिर भी बोलो क्या चाहिए मुझसे!"

"एक कप कॉफ़ी।" अनवर ने आज पहली बार इतना जल्दी से जवाब दिया।

"कॉफी! लेकिन रमज़ान तो अभी दो रोज़ बाक़ी हैं, वो अख़बार में पढ़ा था मैंने। सुनो! तुम ठीक तो हो?" पाखी ने आश्चर्य से पूछा।

"रमज़ान मुबारक हो इसलिए एक कप कॉफ़ी पीना चाहता हूँ तुम्हारे साथ। कल क्लास के पहले इंतज़ार करूँगा! तुम आओगी ना?"

इतना कहकर अनवर किसी याचक की भाँति पाखी की तरफ़ देखने लगा। पाखी की नज़र भी कुछ पलों के लिए उस पर अटक गई। पता नहीं क्या ढूँढ रही थी पाखी उसके चेहरे में। एकाएक उसने एक पॉपिंस निकाली और अनवर की तरफ़ देखते हुए अपने मुँह में डाल ली। पाखी क्लास से बाहर निकलने के लिए उठी, दरवाज़े तक आकर वह पलटी और अपने होठों में मुस्कान भर कर बोली, "रमज़ान मुबारक हो!"

दोनों की आँखें मिलीं और एक-दूसरे में घुल गईं, जैसे आसमान का नीला रंग काली घटाओं में घुल जाता है।

***

एक चुटकी इश्क़

चंद्रकांता

1

"तुम प्लीज़ यहाँ जल्दी से आ जाओ। देखो, सब ठीक हो जाएगा। हम दोनों साथ मिलकर समझाएँगे सबको। किसी भी बड़े काम के लिए ज़रूरी वक़्त तो लगता ही है न। मैं जानती हूँ, अगर तुम साथ हो तो दुनिया की कोई भी चुनौती हमारे लिए मुश्किल नहीं है। तुम जानते हो ना प्यार जीवन की सारी शुष्कता को सोख लेता है।"

इतना कहकर वैदेही ने कान से फ़ोन हटाकर उसे स्पीकर पर डाल दिया और बोली, "मनु, तुम सुन रहे हो ना! मनु, कुछ तो कहो! मनु... म... नु..."

दूसरी तरफ़ से मानव की आवाज़ आई। वह चिल्ला रहा था, "सिरफिरी लड़की! तुम लखनऊ पहुँच गई? क्या तमाशा लगा रखा है? अगर तुम्हें लखनऊ पहुँचना ही था तो पहले ही क्यों नहीं बताया मुझे? मैं गोरखपुर में अपने सारे काम छोड़कर तुमसे मिलने दिल्ली आया हूँ और तुम वहाँ मेरे घर पहुँच गई हो! तुम्हें मेरे ओहदे और मेरे परिवार की इज़्ज़त का ज़रा भी ख़याल नहीं रहा! ऊपर से पूरे दस हज़ार लगे हैं फ्लाइट से आने में। न तो तुम्हें पैसों की क़द्र है न किसी की इज़्ज़त की। बोलो!"

वैदेही मनु के इस रवैये पर स्तब्ध थी। मनु की तल्ख़ी देखकर उसके होठों पर एक घबराहट-सी फैल गई और उसकी आवाज़ में एक उदासी पसर गई।

"सवाल हम दोनों की ज़िंदगी का है। पैसा तो वापस आ जाएगा मनु,

लेकिन एक बार मुँह मोड़ लेने के बाद ज़िंदगी वापस नहीं आती। सवाल उन सभी ख़्वाहिशों का भी है जो हमने साथ मिलकर की थीं, और रही बात इज़्ज़त की तो प्रेम की इज़्ज़त उसका निबाह करने में हैं।"

"यार अब तुम भाषण भी देने लगी हो! आख़िर तुम्हारी प्रॉबलेम क्या है वैदेही?" मनु ने आक्रोश भरे स्वर में कहा।

"वैदेही! वेद से वैदेही तक की यह यात्रा तुमने अकेले ही तय कर ली मनु! मुझे नहीं मालूम था तुम मुझसे इतना दूर चले गए हो। अब मैं तुम्हारी वेद नहीं रही, वैदेही हो गई हूँ तुम्हारे लिए। गोरखपुर में तुम्हारी पोस्टिंग हो गई है मैं जानती हूँ। काम के बोझ की वजह से तुम्हारी प्राथमिकताएँ बदल गई होंगी यह भी स्वीकार्य है। लेकिन, प्रेम भी बदल जाया करता है, यह स्वीकार कर पाना बहुत मुश्किल है मेरे लिए। हमारे रिश्ते में इन दूरियों ने कब और कैसे जगह बना ली मनु?"

"शट अप वैदेही! आई डोंट हैव मच टाइम।" मनु ने तपाक से कहा। लेकिन वैदेही उसकी आवाज़ को अनसुना कर बोलती रही।

"जब सब तरह से निराश हो गई तो तुम्हारे घर चली आई। मन में डर बैठ गया था कि कहीं कोई अनहोनी न हो गई हो तुम्हारे साथ। और तुम्हें अपनी इज़्ज़त की पड़ी है! और फिर तुमने कहाँ कन्फ़र्म किया था मुझसे कि तुम दिल्ली आ रहे हो मिलने!"

इतना कहकर वैदेही चुप हो गई। उधर कुछ सेकेंड के विराम के बाद मनु की आवाज़ आई, "तुम समझती क्यों नहीं, काम में इतना बिज़ी था कि तुमसे बात ही नहीं कर पाया।"

इस बार वैदेही फट पड़ी, "अच्छा! काम नें बिज़ी थे या अपनी हल्दी की तैयारियों में बिज़ी थे? किसी और लड़की से शादी तय करने का वक़्त था तुम्हारे पास! तुम्हारे घर आई हूँ तो अर्चना ने बताया कि तुम्हारी शादी की तैयारियाँ चल रही हैं। क्या है ये सब मनु? मान-मर्यादा पर क्या सिर्फ़ तुम्हारा अधिकार है, और किसी का कोई मान नहीं?"

"लिसन वैदेही! आई कांट ओवररूल माई पेरेंट्स। उन्होंने मेरी शादी तय कर दी है अपने दोस्त से वादा कर चुके हैं वो अब कुछ नहीं किया जा

सकता। थिंग्स आर आउट ऑफ़ माई कंट्रोल। इट्स टू लेट नाउ। वैदेही यार तुम बहुत जज़्बाती हो रही हो। तुम..."

"मनु अगर तुम्हें अपने परिवार की पसंद से शादी करनी थी तब कम-से-कम एक बार मुझसे बात की होती। तुम तो जानते हो मैंने कभी भी तुम्हें बाँधने की कोशिश नहीं की! फिर भी तुमने ये सब क्यों किया?"

"बताने ही वाला था लेकिन तुमने मेरे बताने का इंतज़ार ही नहीं किया।"

"इंतज़ार नहीं किया! एक वादा तुमने मुझसे भी किया था। क्या प्रेम में किए गए वादों का कोई मोल नहीं?" यह कहते हुए वैदेही का गला ऐसे खुश्क हो गया जैसे फूल में से किसी ने मकरंद निचोड़ लिया हो।

"तुमने तो कहा था कि ट्रेनिंग ख़त्म होते ही मम्मी-पापा से हमारी शादी के लिए बात करोगे! फिर अचानक तुमने मुझसे बात करनी बंद कर दी। कितने मेल लिखे तुम्हें, कितने मैसेज छोड़े, और तुमने एक का भी जवाब देना ज़रूरी नहीं समझा। दो दिन पहले मेरा इंटरव्यू था- इतने ख़ास दिन भी तुम्हारा फ़ोन नहीं आया।"

"तुम ओवररिएक्ट कर रही हो। एक वक़्त के बाद चीजें बदल जाया क..." लेकिन वैदेही ने मनु की बात काट दी।

"थिंग्स कैन वेट मनु बट नॉट लव। यू डोंट हैव द राइट टू डिसाइड थिंग्स अलोन। मैं कुछ नहीं जानती, तुम्हें मुझसे मिलना होगा, मेरे सवालों के जवाब देने होंगे। उसके बाद फिर कभी तुम्हारी तरफ़ पलटकर भी नहीं देखूंगी।"

इतना कहकर वैदेही ने फ़ोन रख दिया। मानव की बहन अर्चना वैदेही को मानव के स्टडी रूम में बैठने के लिए कहकर चली गई। अर्चना ने ऊपर छत की तरफ़ इशारा किया उसके बाद वैदेही बगैर कोई सवाल-जवाब किए ऊपर कमरे में चली गई। कमरे के भीतर आते ही उसने सब लाइटें बुझा दी और खिड़की पर जाकर खड़ी हो गई। उस वक़्त वैदेही की साँसे ट्रेन की रफ़्तार से भी तेज़ चल रही थीं और रात की शांति में उसके मन का कोलाहल एकदम साफ सुनाई पड़ रहा था।

वैदेही आई.ए.एस. की तैयारी कर रही थी। मानव से उसकी मुलाक़ात फ़ेसबुक पर हुई। इंटरनेट पर होने वाली मुलाक़ातें धीरे-धीरे कनॉट प्लेस की

गलियों में होने लगीं और मिलने के बहाने कब प्यार में बदल गईं, मालूम ही नहीं चला। साल भर पहले ही रेवेन्यू सर्विस के लिए सेलेक्ट हुआ मनु फ़िलहाल दिल्ली में ट्रेनिंग पर था। वैदेही अक्सर उसे खड़ूस कहकर चिढ़ाती थी। वैदेही लाड़ से मानव को मनु बोलने लगी थी और प्यार के ख़ूबसूरत अंतरंग लम्हों में मानव वैदेही को वेद कहकर बुलाता था। प्रेम की मिठास शब्दों को संक्षिप्त कर देती है और प्रेम का आश्रय संज्ञा को विशेषण बना देता है।

दिल्ली का दिल कनॉट प्लेस में धड़कता था तो मानव और वैदेही का एक-दूसरे में। रीगल और रिवोली के फ़िल्मी कॉरिडोर में न मालूम प्यार के कितने ही गीत साथ मिलकर गाए थे उन दोनों ने। कॉफ़ी हाऊस, सेंट्रल पार्क, अग्रसेन की बावड़ी, बंगला साहिब गुरुद्वारा, जंतर-मंतर आदि ऐसी कोई भी जगह तो नहीं थी जहाँ उनके प्यार की गंध न छूटी हो। लोगों के मन में इन्हें देखकर एकदम 'रब ने बना दी जोड़ी' टाइप फ़ीलिंग आती थी। लेकिन नियति को तो कुछ और ही मंज़ूर था।

2

खिड़की से हवा के तेज़ झोंके अँधेरे कमरे में पसरे हुए मौन को चीरते हुए अंदर आ रहे थे। अचानक तेज़ बारिश होने लगी। स्ट्रीट लाइट की मद्धम रोशनी बीच-बीच में वैदेही के चेहरे पर पड़ रही थी। उसका गेहुआँ रंग शिथिल हो चुका था, उसके काले घने बाल उसके चौड़े माथे और छोटी-सी नाक के इर्द-गिर्द बेतरतीबी से फैले हुए थे। हाथों से प्रेम के फिसल जाने के डर उसके पूरे शरीर में सिहरन पैदा कर रहा था। उसके कानों में पड़ी हुई मेटल की एक जोड़ा बालियाँ जो हमेशा कुछ गुनगुनाती हुई-सी लगती थीं, आज एकदम शांत थी। उसकी बड़ी-बड़ी कत्थई आँखों की नमी से पिघलकर लैक्मे का गहरा काजल ऐसे छूट रहा था जैसे कटने के बाद हाथों से पतंग छूट जाती है। दरअसल वैदेही को मनु के इस तरह कठोर हो जाने की उम्मीद बिल्कुल नहीं थी।

बरसात वैदेही को उतनी ही प्रिय थी जितना प्रेमियों को पूनम का चाँद

हुआ करता है। लेकिन बारिश की यही ख़ूबसूरत बूँदें आज उसके मन में टीस रही थीं। खिड़की पर टँगी हुई वैदेही सामने उस चपटी-सी गली को ताक रही थी। गली से कुकुर के भौंकने की आवाज़ आ रही थी। थोड़ी देर में पार्श्व में कहीं धीमे-धीमे रेडियो पर 'लव गुरु' की आवाज़ सुनाई दे रही थी। वैदेही ने आँखें उठाकर इधर-उधर देखा- एक लड़की ने हाथ में ट्रांजिस्टर पकड़ा हुआ था और वह लहकते हुए छत पर चहलकदमी कर रही थी। थोड़ी देर में सोनू निगम की आवाज़ गली में गूँजने लगी- 'दो पल रुका, यादों का कारवाँ... और फिर चल दिए, तुम कहाँ हम कहाँ...' वैदेही खिड़की के पास ही बैठ गई। मानव को सोचते हुए कब वैदेही की आँख लग गई पता ही नहीं चला। मानव के बगैर जीवन की कल्पना कर पाना वैदेही के लिए बेहद कठिन था। वैसे भी, प्रेम में विकल्प नहीं हुआ करते। प्रेम में साहचर्य जीवन का आनंद लेकर आता है और बिछोह आपको एकाकी होने को अभिशिप्त कर देता है। भौतिक जीवन का प्रेम अक्सर ऐसा ही हुआ करता है- वह एक मुक्त निर्विकार भाव की तरह नहीं बल्कि जीवन का आलंबन बनकर आता है जहाँ हम अनजाने में ही प्रेम से कुछ अपेक्षाएँ करने लग जाते हैं। अपेक्षाएँ होनी भी चाहिये क्योंकि प्रेम को शून्य में रच पाना हम मनुष्यों की क्षमता के बाहर है।

मानव लखनऊ से था और उसका परिवार राजाजीपुरम में अधेड़ उम्र की एक अकेली महिला के यहाँ किराए पर रहता था। उसके पिता पूरी दोपहरी नुक्कड़ पर गुमटी-दुकान वालों के साथ पत्ते खेलते हुए अपना वक़्त बिताते थे। घर में शादी के लायक एक बहन थी अर्चना जो पत्राचार से बी.एड. की पढ़ाई कर रही थी। उसकी शादी की बात कई बार चली लेकिन उसका छोटा कद बार बार उसकी शादी के आड़े आ जाता था। एक छोटा भाई भी था जो बारहवीं की पढ़ाई कर रहा था और माँ थी जो दिन भर घर गृहस्थी के काम निपटाकर रात को छोटे-मोटे कपड़े सिला करती थी। सिलाई के काम से वह महीने में पाँच-छह हज़ार तक बना लेती थी। कम-से-कम रसोई का खर्चा तो निकल ही जाता था। मानव एक बड़े कोचिंग इंस्टिट्यूट में इंग्लिश की ट्यूशन पढ़ाता था। बचत कुछ ख़ास नहीं थी बस चल रहा था घर जुगाड़ से किसी तरह।

3

"दरवाज़ा खोलो वैदेही! वैदेही! सुनती हो कि नहीं! आर यू देयर ? हैलो! ओपन द डोर वैदेही।"

रात के कोई आठ बजे होंगे, मानव दिल्ली से लखनऊ आ चुका था। अर्चना ने उसे बताया कि वैदेही स्टडी रूम में है। यह जानकर वह सीधा छत पर गया और उसने बेसब्र होकर अपने स्टडी रूम का दरवाज़ा पीटना शुरू कर दिया। वैदेही कच्ची नींद से जागी और खटपट की आवाज़ सुनकर दरवाज़ा खोलने के लिए खड़ी हुई। उसमें अब भी कहीं एक उम्मीद बाक़ी थी कि मानव उसे देखते ही सब कुछ भूलकर गले से लगा लेगा और कहेगा, "मुझे माफ़ कर दो वेद, मैं भटक गया था।"

इस आशा के साथ उसने दरवाज़ा खोला लेकिन ऐसा कुछ भी नहीं हुआ। मानव बहुत ग़ुस्से में था।

"तुमने यहाँ आकर बिल्कुल अच्छा नहीं किया वैदेही। भला ऐसे भी कोई मुँह उठाकर किसी के घर चला आता है? मुझे इत्तला तो की होती, मैं ख़ुद बुलाता तुम्हें यहाँ।"

"तुम ही कहो मनु, जब तुमने उम्मीद के सब रास्ते बंद कर दिए, तो कहाँ जाती तुम्हारी वेद!"

"देखो वैदेही, मेरी बात ध्यान से सुनो। अब हमारा संजोग नहीं हो सकता। प्लीज़ ट्राई टू अंडरस्टैंड। मैं अपने माता-पिता के विरुद्ध नहीं जा सकता। पहले भी कह चुका हूँ, अब फिर कह रहा हूँ, इस बात को यहीं ख़त्म करो। हमारी दिशाएँ अब अलग हैं। बी प्रैक्टिकल।"

मनु के इस रवैये को देखकर वैदेही तिलमिला गई, "प्रेम करते वक़्त तो माता-पिता की सहमति नहीं ली थी तुमने!"

"माता-पिता को बीच में मत लाओ।" मानव चिल्लाते हुए बोला।

"सुना है एक करोड़ मिल रहे हैं पटवारी के परिवार से गठबंधन के!" वैदेही ने मानव की आँखों में आँखें डालकर कहा।

"अपनी बकवास बंद करो और जाओ यहाँ से। मेरे पास तुम्हारे किसी पागलपन का जवाब नहीं है। वैदेही, यू हैव लॉस्ट योर सेंसेज़।" मानव ने

लगभग धक्का-सा देते हुए वैदेही को ख़ुद से दूर किया।

मानव की यह प्रतिक्रिया देखकर वैदेही हतप्रभ थी। वह जस-की-तस ज़मीन पर बैठ गई और फूट-फूटकर रोने लगी। वैदेही को इस तरह बिलखता हुआ देखकर मानव भी उसके पास वहीं किवाड़ से सटकर बैठ गया और उसके कंधे पर हाथ रखते हुए बोला, "सब ठीक हो जाएगा वेद। तुम्हें मुझसे भी अच्छा लड़का मिलेगा। यू डिज़र्व अ बेटर पर्सन दैन मी।"

वैदेही ने मानव की तरफ़ देखा और अपनी गर्दन झुकाते हुए प्रश्न की मुद्रा में कहा, "सच! तुमसे भी अच्छा?"

इसके बाद थोड़ी देर तक कमरे में ख़ामोशी छाई रही। वैदेही अपने दोनों पैर मोड़कर बैठी हुई थी उसने अपना सिर अपने घुटनों में छुपा रखा था। वह सुबक रही थी और मानव एकटक उसे देखे जा रहा था। अचानक वैदेही ने अपना सिर उठाया फिर मानव की आँखों में कुछ तक सेकेंड देखा और बोली, "कितनी सस्ती थी तुम्हारी मोहब्बत। एक बार कहा होता कि पैसा तुम्हारी ज़रूरत है, यक़ीन जानो मैं तुम्हें ख़ुद ही सौंप देती उन हाथों में, जिनमें चूड़ियों की धानी खनक नहीं लाखों करोड़ों रुपयों से भरा हुआ संदूक़ था। सबने कहा कि तुम बदल गए हो, फिर भी मैं तुम्हारा इंतज़ार करती रही और ख़ुद को विश्वास दिलाती रही कि मेरा मनु ऐसा कर ही नहीं सकता। तुम नहीं जानते मनु, तुमने प्रेम की एक ख़ूबसूरत इमारत को क़ब्रगाह कर दिया। उफ़्फ़! मेरी हसरतों का ताजमहल एक करोड़ में बिक गया।"

इतना कहकर वैदेही की भर्राई हुई आवाज़ ठहर गई। उसकी बात सुनकर मानव चुप्पा बनकर बैठा रहा, मानो उसे कोई साँप सूँघ गया हो।

प्यार की बारिश में सिर से पाँव तलक भीगे हुए दो लोग बूँदों के रेशमी धागों से कुछ ख़ूबसूरत ख़्वाब बुनते हैं। लेकिन इस बारिश में कभी-कभी इतनी अधिक तरलता होती है कि उनके कच्चे ख़्वाब धड़ाम से फिसल जाते हैं। मानव और वैदेही के साथ भी यही हुआ।

4

वैदेही को लखनऊ से दिल्ली वापस आए हुए तीन साल बीत चुके थे।

मानव की बेवफ़ाई के बाद ख़ुद को सँभालने में उसे काफी वक़्त लगा। उस साल वह आई.ए.एस. का इंटरव्यू क्लियर नहीं कर सकी। फ़िलहाल वह एक अच्छी फ़र्म में असिस्टेंट इंटीरियर डेकोरेटर की जॉब कर रही थी और राजेंद्र नगर में किराए के कमरे में रह रही थी।

फ़रवरी के रविवार की एक सर्द सुबह थी। वैदेही कुछ लिख रही थी साथ में फ़ोन पर 92.7 बिग एफ.एम. बज रहा था। आज वेलेंटाइन डे था- यानी प्यार का दिन- तो रेडियो पर सब अपने प्यार और ब्रेकअप के क़िस्से सुना रहे थे। आरजे शेखर बता रहा था आजकल की युवा पीढ़ी बहुत प्रैक्टिकल है। आज जब ब्रेकअप होता है तो लोगों के दिल नहीं टूटते, डांस फ्लोर टूटता है। इतना कहकर उसने एक गाना प्ले कर दिया। आरजे शेखर की यह बात सुनकर वैदेही धीमे से मुस्कुरा दी। 'दिल पे पत्थर रख के मैंने मेकअप कर लिया, मेरे सइयाँ जी से आज मैंने ब्रेक-अप कर लिया...' गीत चालू था और प्रोग्राम अपने पूरे शबाब पर था। तभी डोर बेल बजी।

वैदेही ने गाने की आवाज़ कम की और जाकर दरवाज़ा खोला तो देखा एक बीस-इक्कीस साल की लड़की जिसका पहनावा कुछ बोहेमियन जैसा था, हाथों में फूलों का बड़ा-सा ग़ुलदस्ता लिए उसके सामने खड़ी थी। वैदेही को देखते ही वह ज़ोर से चिल्लाई।

"हैप्पी बर्थडे दी! लव यू बहुत सारा!"

इतना कहकर उसने लिली के फूलों से महकता हुआ सफेद रंग का ग़ुलदस्ता वैदेही को थमा दिया और कसकर उससे लिपट गई। स्वभाव से बेहद चंचल वेरोनिका, वैदेही की छोटी बहन थी।

"तुम्हारी सरप्राइज़ देने की आदत नहीं गई वेरोनिका! तुम भी न एकदम क्रेज़ी हो।"

वैदेही ने ग़ुलदस्ता कॉरीडोर में रखे हुए टेबल पर रख दिया और वेरोनिका के दोनों हाथ अपने हाथों में लेकर चूमने लगी। वैदेही उसे अपने साथ भीतर ले आई दरवाज़ा बंद किया और वेरोनिका को अपने वर्किंग टेबल के पास पड़े हुए काले बीन बैग पर बैठने का इशारा किया।

"माँ-पापा कैसे हैं?" वैदेही ने पूछा।

"एकदम बिंदास। बाक़ी अगले वीकेंड तुम घर आओगी तो ख़ुद ही देख लेना कैसे हैं। माँ को तो अपने सोशल वर्क से ही फ़ुर्सत नहीं और पापा हर वक़्त एक ही माला जपते रहते हैं- वैदेही से कुछ सीखो! उसके जैसा बनने की कोशिश करो... ब्ला ब्ला..."

वैदेही हँसी और बोली, "माई लवली बबली डॉल तू टेंशन मत ले। तू जैसी भी है बहुत प्यारी है। बस अपनी पढ़ाई पर फ़ोकस कर।"

दोनों बहनें कुछ देर तक ऐसे ही घर परिवार की बातें करती रहीं। कोई पंद्रह-बीस मिनट के बाद वेरोनिका बोली, "दीदी बहुत भूख लगी है। अपने हाथ के गर्मागर्म आलू के पराठे नहीं खिलाओगी आज?"

"अरे, तुम फ्रेश हो जाओ, मैं बस अभी पंद्रह मिनट में पराठे तैयार करती हूँ।"

"अपुन को चॉकलेट ऑरियो शेक भी माँगता है सिस।" वेरोनिका हँसकर बोली। वैदेही ने हाँ में सिर हिला दिया और किचन की तरफ़ बढ़ गई।

उधर वैदेही किचन में गई और इधर वेरोनिका उसकी टेबल पर पड़े हुए कागज़ टटोलने लगी। उसने ऐसे ही एक कागज़ को हाथ में लिया। उस कागज़ पर जो लिखा था उन शब्दों को पढ़कर वह उनमें धँसती चली गई।

'कितने ही बसंत आए, कितने ही पतझड़ ठहरे और चले गए, लेकिन फूलों से नाज़ुक उन ख़्वाबों का चुराया जाना अब भी टीसता है, जिन्हें तुम्हारे साथ हुई छोटी-छोटी मुलाक़ातों में बुना था। याद है कॉफ़ी हाऊस में 14 फ़रवरी की वह शाम जब मैंने गुलाब का फूल नहीं लाने पर तुम पर ख़ूब गुस्सा किया था! वापसी में तुमने मुझे सीढ़ियों पर रोका और अपनी बाहों के घेरे में ले लिया। तुमने अपने होठ मेरे होठों पर रखकर धीमे से भींच लिए। तुम आहिस्ता से मेरे कानों तक आए। तुमने मेरी बालियों को चूमा और मैं लाज से लाल पड़ गई।

तुमने कहा, "लो मैंने प्यार के फूलों से तुम्हारा सिंगार कर दिया। दुनिया के सब गुलाब अब तुम्हारे सामने फीके हैं। कहो अब भी गुलाब चाहिए?" यह पहली बार था जब मैंने ख़ुद को तुममें गुँथा हुआ-सा महसूस किया। तुम्हारा यह 'एक चुटकी इश्क़' मुझ पर उधार रहा।'

यह पढ़कर वेरोनिका ज़ोर से चिल्लाई और बोली, "सिस! ये सब क्या है? प्यार-व्यार, कॉफ़ी, किस, कोई लव स्टोरी लिख रही हो क्या?"

किचन से आवाज़ आई, "हाँ।"

वेरोनिका वैदेही के पास आई और उससे लिपटकर बोली, "तुम कितना सुंदर लिखती हो दी। जो तुमने लिखा है ऐसा प्यार तो बस ख़्वाबों-ख़यालों में ही होता होगा।"

इतना कहकर उसने वैदेही का माथा चूम लिया और बोली, "मेरा एक चुटकी इश्क, तुम्हारे लिए।"

***

अंचल सक्सेना

कानपुर में पैदा हुईं और पिता की नौकरी में स्थानांतरणों के चलते उत्तर प्रदेश के विभिन्न शहरों में पलीं-बढ़ीं। विज्ञान और कॉमर्स पढ़ा, फिर हिंदी साहित्य से स्नाकोत्तर उपाधि लेने के बाद लॉ की डिग्री लेकर फ़ौजदारी की वकालत में हाथ भी आज़माया। कंप्यूटर टीचर, सेल्स एंड मार्केटिंग और बीपीओ में भी काम करने के बाद उन्होंने अंततः लेखन में अपना मन बनाया। साल 2016 में अपना ब्लॉग आरंभ करने से सिलसिला आगे बढ़ा और 2019 में पूरी तरह से लेखन को समर्पित हो गईं।

अंचल सक्सेना की दो किताबें- 'विश्वास और मैं' व 'मेरी कचहरी' साल 2019 में प्रकाशित हुई थीं। और तीसरी किताब 'चुटकी भर कहानी' साल 2020 में प्रकाशित हुई थी। वर्ष 2019 में क्रिएटिव पोस्ट, कोलकाता के साहित्य मेले द्वारा आयोजित कथा प्रतियोगिता में उनकी कहानी 'बिन पानी एक शहर' को हिंदी भाषा में प्रथम स्थान प्राप्त हुआ है।

ईमेल : authoranchalsaksena@gmail.com
वेबसाइट : www.authoranchalsaksena.in
इंस्टाग्राम: @authoranchalsaksena

घर वापसी

1

उस सुबह राजीव मंदिर के बाहर खड़ा ज़ीनत को निहारता ही रह गया। ज़ीनत जितनी सुंदर है, उतनी ही मासूम भी। ऐसा लगता है जैसे ऊपरवाले ने ज़ीनत को बनाते समय कुछ और सोचा ही नहीं। इतनी फ़ुर्सत और इतनी शिद्दत से उसे गढ़ा कि फिर अपनी ही रचना पर रश्क किया होगा।

राजीव माँ विंध्यवासिनी मंदिर के पुजारी पंडित माता प्रसाद द्विवेदी का बेटा है। पिता जी के साथ ही मंदिर और माँ विंध्यावासिनी की दिन-रात सेवा करता है। मिर्ज़ापुर के विंध्याचल में स्थित माँ विंध्वासिनी का दरबार ना जाने कितने श्रद्धालुओं की प्रतिदिन कामना पूरी करता है।

मंदिर के पीछे की दूसरी गली के तीसरे नुक्कड़ से चौथे मकान में रहती है ज़ीनत। छुपते-छुपाते हफ़्ते में एक या दो बार ज़रूर माँ के दरबार चली आती है। पता नहीं उसे क्या खींच लाता है यहाँ। मंदिर के भीतर कभी नहीं गई, हमेशा डरी रहती है। जाने कौन देख ले। जाने कौन पहचान जाए। मंदिर के बाहर सजा बाज़ार उसे बहुत लुभाता है। रंग-बिरंगी मोतियों की मालाएँ बिकती हैं यहाँ। कितने सारे सुंदर पत्थर, उसे शिवलिंग और लड्डू गोपाल बहुत पसंद हैं। क्यों? ये उसे भी नहीं पता।

ज़ीनत मौलाना ज़फर क़ादरी की बेटी है और रोज़ दरगाह भी जाती है और राजीव रोज़ दरगाह तक उसका पीछा करता है। जब तक वो दरगाह के अंदर रहती है, राजीव बाहर इंतज़ार करता है। ज़ीनत को ये सब पता नहीं। राजीव का ये रोज़ का नियम है, कुछ भी करके वो ज़ीनत के पीछे दरगाह

जाने और उसके पीछे लौटकर आने तक के लिए समय निकाल ही लेता है। ये सिलसिला यूँ ही सालों साल से चलता आ रहा है। पर राजीव को भी नहीं पता कि ज़ीनत मंदिर के बाहर अक्सर आती है।

उस दिन सुबह तड़के जब राजीव मंदिर की धुलाई करता हुआ सीढ़ियों से उतर रहा था तो उसकी नज़र ज़ीनत पर पड़ी। इतनी सुबह वो वहाँ कर क्या रही थी। राजीव को कुछ समझ नहीं आया और उसे भी इस बात का डर लगा कि कहीं उसे कोई यहाँ पहचान ना ले।

"ज़ीनत, तुम यहाँ क्या कर रही हो? किसी ने तुम्हें देख लिया पहचान लिया तो पता है ना, बवंडर हो जाएगा। ये मंदिर है।"

ज़ीनत चौंक गई। राजीव उससे ऐसे बात कर रहा था जैसे वो एक-दूसरे को बहुत अच्छी तरह से जानते हों। पर असल में वो दोनों ही एक-दूसरे के लिए अजनबी थे।

राजीव ने ज़ीनत को कोई मौक़ा नहीं दिया और उसकी कोहनी पकड़ कर बाहर की तरफ़ चल पड़ा।

"चलो यहाँ से।"

"ज़ीनत कुछ समझ नहीं पा रही थी, बस राजीव को अजनबी निगाहों से घूरे जा रही थी।"

मंदिर से लेकर पूरे बाज़ार को पार करता हुआ राजीव उसी तरह ज़ीनत को बाहर तक ले गया और फिर उसकी कोहनी छोड़ कर बोला, "सुनो, देखो दोबारा यहाँ मत आना। अब जाओ अपने घर इससे पहले कोई तुम्हें पहचान ले।"

ज़ीनत के मुँह में ज़बान जैसे अकड़ गई थी। अपनी ज़िंदगी में वो ऐसे स्तब्ध कभी नहीं हुई थी। ज़ीनत वहाँ से चुपचाप नज़रें झुकाए अपने घर को लौट आई।

"ज़िनी, कहाँ गई थी इतनी सुबह? अभी तो दरगाह के दरवाज़े भी ना खुले होंगे लाडली।" अम्मी की आवाज़ पर ज़ीनत को जैसे होश आया।

"अम्मी! हाँ, आज जल्दी आँख खुल गई तो मैं जल्दी ही दरगाह चली गई।"

अम्मी को जवाब देकर ज़ीनत अपने कमरे में चली गई और सोचती रही कि आख़िर वो बेहूदा लड़का था कौन? जिसने न केवल उसे पहचान लिया, बल्कि उसका हाथ पकड़कर उसे वहाँ से वापस कर दिया। अब ज़ीनत को ग़ुस्सा भी आ रहा था और डर भी लग रहा था।

"कहीं अब्बू को ख़बर लग गई, तो क्या समझाऊँगी उन्हें। मुझे तो ख़ुद ही नहीं पता आख़िर क्या खींच ले जाता है मुझे उस मंदिर तक।"

इधर ज़ीनत बेहाल थी, उधर राजीव भी अब परेशान था। 'क्यों आई होगी वो यहाँ? क्या मैंने उसके साथ ठीक किया? मैंने उसका हाथ पकड़ लिया, उफ़्फ़! क्या सोच रही होगी मेरे बारे में। उसे पता तो नहीं चल गया कि मैं हर रोज़ उसके पीछे जाता हूँ?'

2

"अम्मी, हमारे कॉलेज की पिकनिक है टाडा फ़ॉल्स पर, सभी लड़कियाँ जाएँगी, मैं भी जाऊँ? अब्बू को मना लोगी ना?" ज़ीनत ने अपनी अम्मी से कहा।

"तुम्हें अब्बू ने कभी कुछ मना किया है। जाओ शौक़ से।" अम्मी ने ज़ीनत को जवाब दिया।

ये इत्तेफ़ाक़ ही था शायद या क़ुदरत की कोई सोची समझी साज़िश कि केवल ज़ीनत के कॉलेज की ही नहीं, राजीव के कॉलेज की पिकनिक भी उसी समय उसी जगह होने वाली थी और राजीव को भी पिता जी और मंदिर से एक दिन की छुट्टी मिल ही गई थी। मिर्ज़ापुर से विंध्याचल पर्वत से होकर रीवा की ओर जो सड़क जाती है, उस पर पड़ता है टाडा फ़ॉल्स। गर्मियों में वीरान जगह है पर बरसात के मौसम में ख़ूबसूरत जन्नत से कम नहीं है। ऊँची पहाड़ी से नीचे गिरता हुआ झरना, बड़े-बड़े पत्थर और हरियाली।

अगले दिन ज़ीनत और उसकी सहेलियाँ, राजीव और उसके दोस्त टाडा फाल्स पहुँचे। मौसम बहुत अच्छा था, हल्की बूँदा-बाँदी, ठंडी हवा और झरने में ढेर सारा पानी। दोनों ही कॉलेजों के समूह एक-दूसरे को देखकर हतप्रभ थे, पर फिर दोनों ने एक साथ पिकनिक मनाने का निर्णय लिया। राजीव और

ज़ीनत एक-दूसरे को देख चुके थे और चोर नज़र से एक-दूसरे को देखे ही जा रहे थे। ज़ीनत चल तो अपनी सहेलियों के साथ रही थी पर ध्यान और नज़र उसकी राजीव पर थी।

"ज़ीनत..." अचानक उसकी सहेलियाँ चिल्लाईं।

ज़ीनत का ध्यान पैरों के नीचे ज़मीन पर गया ही नहीं कि कब ज़मीन ख़त्म हुई और वो फिसलकर ऊँची पहाड़ी से नीचे लटक रही थी। ज़ीनत ने नीचे देखा और आँखें बंद कर लीं।

"ज़ीनत... ज़ीनत..." सब के बीच अफरा-तफरी मच गई। "रस्सी लाओ कोई... कोई बचाओ..." सब मिलकर बस चिल्ला रहे थे।

"घबराना मत ज़ीनत, नीचे मत देखो... पकड़ो मेरा हाथ..."

सबकी चिल्लाहट के बीच ना जाने कब राजीव साथ लाये चादरों को जोड़कर एक सिरा ख़ुद से और दूसरा सिरा एक भारी पत्थर से बाँधकर ज़ीनत की तरफ़ नीचे की ओर लटक भी गया था।

ज़ीनत ने आँख खोली तो राजीव ने उसका हाथ फिर पकड़ रखा था। ज़ीनत फिर उसे बावरी-सी देखे जा रही थी।

"कम ऑन राजीव... यस यू कैन डू इट... कम ऑन!" अब सब मिलकर राजीव का उत्साह बढ़ा रहे थे।

देखते ही देखते राजीव ने ज़ीनत को ऊपर खींच लिया और बाक़ियों ने मिलकर राजीव को। ज़ीनत की जान बच गई। ज़ीनत अब भी चुपचाप बस राजीव को घूरे जा रही थी। सहेलियों ने उसे हिला कर सदमे से बाहर निकाला तो उसके आँसू छलक पड़े।

"आपने मेरी जान बचा ली!" ज़ीनत ने आँसू पोंछते हुए राजीव से कहा। ज़ीनत के मुँह से सुने हुए वो पहले शब्द राजीव के कानों में शहद घोल गए थे।

"राजीव नाम है मेरा ज़ीनत, और मैंने तुम्हारी नहीं अपनी जान बचाई है। ख़ुद को कुछ कैसे होने देता?"

इस बार ज़ीनत ने शरमाकर नज़र झुकाई और सलाम करते हुए कहा, "शुक्रिया!"

3

अगले दिन सब कुछ रोज़ की तरह ही था, रोज़ की तरह ही ज़ीनत दरगाह के लिए निकल पड़ी थी। रोज़ की तरह ही राजीव ज़ीनत के पीछे चल रहा था। आज कुछ बदला था तो बस ये कि आज ज़ीनत के चेहरे पर एक प्यारी-सी मुस्कुराहट थी। वो जानती थी कि राजीव उसके पीछे आ रहा है। आज बहुत कुछ और बदलने वाला था।

ज़ीनत दरगाह के अंदर चली गई और राजीव आज पहली बार दरगाह के पीछे बने बागीचे की ओर चल पड़ा। दोनों को एक-दूसरे से कुछ कहने की ज़रूरत ही नहीं पड़ी। ज़ीनत ख़ुद-ब-ख़ुद समझ चुकी थी कि आज उसे दरगाह से निकल कर पीछे बने बागीचे में जाना है। राजीव बागीचे में फूलों से खेल रहा था और ज़ीनत आई। "नहीं रुको, तुम वहीं रुको, नज़दीक मत आना।" ज़ीनत ने घबरा कर कहा।

"अरे! तुम तो डर गईं, समझता हूँ, नज़दीक आकर बात नहीं करूँगा। ऐसा करो, तुम उस अशोक के पेड़ के नीचे खड़ी होकर नीचे घास में कुछ ढूँढो और मैं तुम्हारी तरफ़ पीठ करके मोबाइल पर बात करने की एक्टिंग करता हूँ।"

ज़ीनत ने अपनी कान की बाली उतारकर नीचे गिरा दी और उसे ढूँढने का बहाना करती हुई अशोक के पेड़ के नीचे झुक गई। राजीव ने भी अपना फ़ोन कान से लगाया और बात करने लगा।

"हाँ सुनो, तुमने कभी सोचा कि तुम वहाँ क्यों आती थी और मैं यहाँ क्यों? क़ुदरत का करिश्मा ही तो है। ऊपरवाला भी शायद चाहता हो कि..."

राजीव बोले जा रहा था और ज़ीनत ये समझ नहीं पा रही थी कि जवाब कैसे दे। वो तो कान की बाली ढूँढ रही है, मोबाइल पर बात तो राजीव कर रहा है। आख़िर वो अपने कान की बाली और कितनी देर खोज सकती थी। वो बस उठी और राजीव के पास से गुज़रती हुई बोली, "कल मैं भी अपना मोबाइल लेकर आऊँगी, ख़ुदा हाफिज़!"

राजीव ने हाँ में सिर हिलाया और कुछ देर रुक कर वो मंदिर लौट गया। किसी ने भी शायद ना सोचा होगा कि क़ुदरत का खेल ऐसा भी होता

है। मोहब्बत-मोहब्बत को ढूँढ ही लेती है। इश्क़ की राह पर दोनों चल पड़े थे, प्यार का सफ़र शुरू हो गया था। प्रेम की धारा बहने लगी थी। धीरे-धीरे शर्म-लिहाज़ और दुनिया का डर दूर होने लगा था। दरगाह के बागीचे से शुरू हुआ सिलसिला अब कॉलेज, बाज़ार, पुराने बरगद की छाँव और ना जाने कहाँ-कहाँ तक पहुँच गया था।

देखते ही देखते एक साल बीत गया और किसी को कुछ पता नहीं चला। दोनों के ही कॉलेज ख़त्म होने को थे।

"ज़ीनत! ओ ज़ीनत... बस वो वक़्त आ ही गया, अब बस कॉलेज ख़त्म और मैं बनारस निकल जाऊँगा। जल्दी ही नौकरी मिल जाएगी। बस एक साल और... फिर सब सेट कर लूँगा और तुमसे शादी कर लूँगा।"

"शादी?" ज़ीनत जैसे किसी सपने से जागी थी।

"हाँ! क्यों? इसमें इतना चौंकने वाली क्या बात है?"

"पर तुम तो जानते हो, ये मुमकिन नहीं होगा। कोई नहीं मानेगा।"

"बस इतनी जल्दी डर गईं! किसी को मनाना ही नहीं है। तुम मुझे सेटल होने दो बस। माँ की कृपा से ये हिंदू-मुस्लिम, ये धर्म हमारे बीच नहीं आ पाएगा, भरोसा रखो।"

4

"राजीव... राजीव..." ज़ीनत रोती हुई आँखों में आँसुओं का सैलाब लिए राजीव की तरफ़ चिल्लाती हुई दौड़ी चली आ रही थी।

बरगद की खोह में छुपा बैठा राजीव भौचक्का-सा उठ खड़ा हुआ।

"अरे! चिल्ला क्यों रही हो? कोई सुन लेगा और हुआ... अरे! रो रही हो?"

पूरे एक साल में पहली बार राजीव ने आज ज़ीनत को अपने सीने से लगा लिया था। वो बुरी तरह रोती हुई उससे ऐसे चिपट गई थी, जैसे किसी पेड़ से अमरबेल चिपट जाती है। वो रोये जा रही थी और राजीव उसे चुप कराने की नाकाम कोशिश कर रहा था। दोनों में से किसी एक को भी एहसास नहीं था कि वो आज पहली बार अपने बीच की दूरी को कम कर गए हैं।

"चुप हो जाओ, चुप हो जाओ, बताओ मुझे। बैठो यहाँ बैठो... हुआ क्या है?"

राजीव ने ज़ीनत को बैठाते हुए पूछा।

"राजीव, अब्बू ने मेरा निकाह तय कर दिया है। कल बनारस से फूफी आई थीं अपने बेटे का रिश्ता लेकर और उन्होने हाँ भी कर दी। मुझसे किसी ने पूछा भी नहीं। फूफी इतनी जल्दी में हैं कि इसी महीने निकाह पढ़वा लेना चाहती हैं। अब क्या? मुझे तुमसे दूर... नहीं, राजीव!"

कुछ देर वो दोनों बस चुप बैठे रहे। ज़ीनत धीरे-धीरे सुबकती रही और राजीव बस कुछ सोचता रहा। कुछ देर बाद ज़ीनत बोली, "तुम सचमुच मेरा साथ चाहते हो?"

"शक मत करो मुझ पर, मैं दुनिया की सारी हदें पार कर सकता हूँ, तुम्हारे लिए।"

ज़ीनत ने राजीव का हाथ अपने हाथ में लिया, "आज पहली बार हम गले लगे, आज पहली बार मैंने तुम्हारा हाथ पकड़ा। अब तुम फ़िक्र ना करना, मैं ये हाथ नहीं छोड़ूँगी। कल मिलते हैं यहीं..."

राजीव से इतना कहकर ज़ीनत चल पड़ी। उसके उठते ही राजीव ने कहा, "हाँ! कल मिलते हैं यहीं, तुम भी फ़िक्र ना करना।"

5

अगली सुबह बहुत कुछ बदल गया था। ज़मीन आसमान से और आसमान ज़मीन से आ मिले थे। ज़ीनत दरगाह नहीं गई और राजीव मंदिर नहीं गया। दोनों को वक़्त रहते बरगद के नीचे पहुँचना था।

ज़ीनत तेज़ क़दमों के साथ बरगद की तरफ़ बढ़ती चली जा रही थी।

"ये कौन है? ये तो राजीव नहीं! राजीव ही है पर इसने आज कपड़े कैसे... और सिर पर गोल टोपी!" ज़ीनत अपने आप से बड़बड़ा रही थी।

"ये कौन है? ज़ीनत... ज़ीनत ने आज साड़ी क्यों पहन रखी है!" राजीव की भी कैफ़ियत कुछ ऐसी थी।

"ज़ीनत!"

"राजीव!"

"ये सब क्या है?" दोनों ने एक सुर में एक-दूसरे से पूछा।

"उफ़्फ़! ये क्या कर दिया? तुमने अपना मज़हब..." राजीव ने ज़ीनत से पूछा।

"तुमने भी अपना धर्म... राजीव! ये क्या किया? हम दोबारा उसी दोराहे पर आकर खड़े हो गए।" ज़ीनत ने राजीव से हताश होकर कहा।

"तुमने कल कुछ कहा क्यों नहीं?"

"मैं तुमसे क्यों कुछ कहती। मुझे लगा मैं हिंदू हो जाऊँगी तो..."

"और मुझे लगा मैं मुसलमान हो जाऊँगा तो..."

"पकड़ो इन्हें... रोको... भाग ना जाएँ... मार डालो कमज़र्फ़ों को..."

अचानक से एक भीड़ राजीव और ज़ीनत की तरफ़ चिल्लाती हुई बढ़ी चली आ रही थी। कुछ लोगों के हाथों में तलवारें थीं तो बाक़ी के हाथों में लठियाँ। राजीव के पिता पुजारी जी और ज़ीनत के वालिद मौलाना साहब सबसे आगे चल रहे थे।

"राजीव, ये क्या? अब क्या होगा? इन्हें कैसे पता चला?"

"ये तो होना ही था ज़ीनत। अब सवाल मत करो और भागो यहाँ से!"

राजीव और ज़ीनत एक-दूसरे का हाथ पकड़े बस दौड़े जा रहे थे और वो शैतानी भीड़, जो सब कुछ ख़त्म कर देना चाहती थी, उनका पीछा कर रही थी।

"राजीव, अब हमारा बचना नामुमकिन है। अब हम कभी साथ नहीं होंगे।"

"फ़िक्र ना करो ज़ीनत, बस दौड़ती रहो, हम साथ ही रहेंगे।"

दोनों एक-दूसरे का हाथ थामे बस अंधाधुंध दौड़ते चले जा रहे थे। ज़ीनत मन ही मन सोच रही थी- 'उफ़्फ़! आज ही क्यों साड़ी पहननी थी मुझे। क्या साड़ी पहनने और बिंदी लगा लेने से मैं वाकई हिंदू बन जाऊँगी! क्या ऐसा मुमकिन है? हम दोनों ही धर्म बदलकर आए हैं। क्या वो पुजारी और वो मौलाना जिसने हमें मज़हब बदलने में मदद की, वाकई हमें बदल पाए!'

"ज़ीनत अब ये विंध्याचल पर्वत ही हमें बचा सकता है, चढ़ो आगे

बढ़ो..." राजीव ने ज़ीनत की बेख़याली तोड़ते हुए उससे कहा।

दोनों ठोकरें खाते हुए, गिरते-पड़ते चढ़ाई किए जा रहे थे। उन्हें होश भी नहीं था कि उनके पीछे आने वाली भीड़ कहीं दूर रह गई है। पहाड़ चढ़ते-चढ़ते शाम हो गई और अँधेरा छाने लगा।

"बस राजीव अब और मुझसे... रात होने लगी है, रुक जाओ।"

"हाँ! बैठो यहाँ तुम ज़ीनत। पीछे अब भीड़ भी नहीं है।"

दोनों एक बड़े से पत्थर के सहारे टिक कर बैठ गए। अँधेरे में दोनों को ज़रा भी एहसास नहीं था कि वो कहाँ आ पहुँचे हैं। दिनभर की थकान से चूर वो दोनों वहीं एक-दूसरे से सटे हुए, एक-दूसरे को थामे हुए सो गए।

6

"वो रहे दोनों, पकड़ लो इन्हें, अब भाग के कहाँ जाएँगे यहाँ से..."

सुबह ज़ीनत की आँख इसी चीख-पुकार से खुली और सामने से आती भीड़ को देखकर वो ख़ुद चिल्ला पड़ी।

"आssss!"

"क्या... क्या हुआ ज़ीनत? तुम चीखी- उठो, जल्दी उठो, भागो!"

राजीव की आँख खुली तो वह बुरी तरह भड़भड़ा गया।

"अब कुछ नहीं हो सकता राजीव... देखो हम कहाँ हैं? हम वहीं हैं जहाँ से ये कहानी शुरू हुई थी। हम वहीं है जहाँ ये कहानी अब ख़त्म होगी।"

"ये, ये तो टाडा, ओह ज़ीनत..."

"राजीव मेरा हाथ पकड़ लो, कस के। कुछ भी हो जाए छोड़ना मत।"

राजीव ने ज़ीनत का हाथ पकड़ लिया और दोनों पीछे की तरफ़ बढ़ने लगे।

"राजीव, ये क्या कर दिया तूने! धर्म भ्रष्ट कर लिया! छोड़ उस लड़की का हाथ और चल मेरे साथ वापस।" राजीव के पिता पुजारी जी चिल्लाए।

"ज़ीनत, कोई कहीं नहीं जाएगा। आज दोनों यहीं मारे जाएँगे। ऐसी बेटी अल्लाह किसी को ना दे!" मौलाना साहब तो बस ज़ीनत की जान ही लेना चाहते थे।

"अब भी समय है, तुम दोनों मान जाओ, अपनी-अपनी घर वापसी करो, बख़्श दिए जाओगे।" भीड़ में से कोई चिल्लाया।

"हमें कोई जुदा नहीं कर सकता अब्बू!"

"हाँ, पिताजी अब ये हाथ मैं छोड़ने नहीं वाला हूँ!"

ज़ीनत और राजीव ये कहते-कहते पीछे की तरफ़ बढ़ते रहे और उस ऊँचे पहाड़ से झरने के साथ-साथ दोनों ने छलाँग लगा दी। दोनों ने एक-दूसरे का हाथ नहीं छोड़ा और एक-दूसरे को देखते रहे, ऐसे कि जैसे पहले कभी नहीं देखा हो। उस ऊँचाई से उन्हें गिरते हुए उस भीड़ ने भी देखा। उन हिंदुओं ने भी, उन मुसलमानों ने भी। सब कुछ स्लो-मोशन में चल रहा था। उस झरने के साथ उन्हें कितनी गहराई में जाना था कोई अंदाज़ा नहीं लगा सकता था।

पुजारी जी स्तब्ध थे, जड़ हो गए थे।

मौलाना साहब की लाड़ली हमेशा के लिए चली गई थी। वो फूट-फूट कर रोना चाहते थे, पर अपनी क़ौम के सामने वो ये कर नहीं सकते थे। काश! ज़ीनत उस लड़के का हाथ छोड़कर उनके पास वापस आ गई होती।

ऐसा ही कुछ पुजारी जी भी सोच रहे थे।

ज़ीनत और राजीव अब एक साथ थे हमेशा के लिए।

***

आशीष शर्मा

फार्मास्यूटिकल कंपनी में विक्रय प्रतिनिधि आशीष शर्मा क्रिटिकल इलनेस यानी गहन चिकित्सा के क्षेत्र में कार्यरत हैं।

डोर टू डोर मार्केटिंग से लेकर, एक रासायनिक फैक्ट्री में सुपरवाइजर तक और एक ज़िप फैक्ट्री में स्टोर कीपर से लेकर अकाउंट सँभालने तक कई कार्य किए। एक लेखक के तैर पर उन्हें उसका फायदा यह हुआ कि उन्होंने कई कहानियाँ अपनी आँखों के सामने घटती देखी, कई कहानियों को सुना और कितने ऐसे अनुभव किये जो एक कहानी बन सकते हैं।

पिता : स्व. श्री चंद्र मोहन शर्मा
माता : श्रीमती मीनाक्षी शर्मा
जन्मतिथि : 29 दिसंबर, 1974
रुचि : लेखन, पाठन और संगीत

संपर्क : 9999104278
ईमेल : ashish100right@yahoo.com

सखी

1

गर्मियों की दोपहर ख़त्म होने को थी। चाय के लिए दूध ख़त्म हो गया और मेहमान घर पर आए हुए थे। मम्मी ने अजय की किताब बंद कर टेबल पर पैसे और दूध का डोल रख दिया कि जाओ और दूध लेकर आओ। अजय ने ना-नुकुर करने का मूड बनाया ही था कि मम्मी ने थप्पड़ दिखाया। पैर पटकते हुए अजय ने पैसे और दूध के डोल को उठाया। बाहर निकला ही था कि पैर जैसे ठिठक गए और नज़र अटक गई।

वह घर के बाहर पाइप से पानी का छिड़काव कर रही थी। बीच-बीच में वह पानी की धार ऊपर कर लेती थी। जिससे पानी उसके मुँह के ऊपर गिरने लगता और वह उसे पीने का प्रयास करने लगती। वह अपने खेल में इतनी तल्लीन थी कि उसे अहसास ही नहीं हुआ कि कोई उसे एकटक देख रहा है।

"तू गया नहीं अभी तक, जब सब चले जाएँगे तब दूध लेकर आएगा क्या?" अजय हड़बड़ा गया। उसकी चोरी पकड़ी तो नहीं गई। मम्मी दरवाज़े तक आ गई थी। उसे ग़ुस्सा आया मम्मी पर, लेकिन क्यों आया यह वो ख़ुद भी नहीं समझ पाया। मरे मन से दूध की दुकान पर पहुँचा। अचानक उसे लगा कि क्या पता वो अभी भी वहाँ हो, इस ख़याल मात्र से ही उसकी चाल तेज़ हो गई। लगभग हाँफता हुआ घर पहुँचा। लेकिन उसे बड़ी निराशा हुई, वहाँ कोई भी नहीं था। उसका मन खिन्न हो गया, हालाँकि समझ वह अब भी नहीं पा रहा था कि यह हो क्यों रहा है।

पूरी शाम उसे वही चेहरा याद आता रहा। एक अजीब-सा अहसास हो

रहा था। कुछ अच्छा-सा लग रहा था। ऐसा अहसास उसे पहले कभी नहीं हुआ था। ऐसा लग रहा था, जैसे कुछ मिल गया हो या कुछ खो गया हो। क्या मिला या क्या खोया, यही पता नहीं चल पा रहा था। इस बीच वह तीन बार बाहर के चक्कर लगा आया था कि क्या पता उसे दोबारा वही दिखाई दे जाए। शायद वह पहले भी ऐसे घर से अंदर बाहर जाता रहा होगा, पर कभी भी उसे यह नहीं लगा था कि कहीं कोई पूछ ना बैठे कि वह बार बार क्यों अंदर बाहर जा रहा है। एक अजीब सी बैचेनी हो रही थी।

अगले दिन वह दोपहर दो बजे से ही बाहर के चक्कर लगाने लगा। चार बजे तक वह दस चक्कर लगा चुका था। जब दसवीं बार वो बाहर निकला तो मम्मी ने पूछ लिया, "कोई आने वाला है क्या?"

"नहीं मम्मी, कोई नहीं"

यह मम्मी भी ना, बात-बात पर सवाल पूछती है। वह खीज उठा। लेकिन इसके बाद बाहर निकलने की हिम्मत नहीं हुई। शाम को जब राजन किताब वापस करने आया तो उसको छोड़ने बाहर तक आया, छिडकाव हो चुका था- उसे बेहद निराशा हुई। उसका मूड ख़राब हो गया। उसके खेलने जाने का टाइम हो चुका था, लेकिन निराशा इतनी ज़्यादा थी कि वह खेलने नहीं गया।

"भैया, छत पर चलो, टिप्पस खेलेंगे।" छोटी बहन ने अजय से कहा।

"मैं नहीं जा रहा, मेरा मन नहीं है।" अजय ने रूखे स्वर में जवाब दिया।

छोटी बहन को ऐसे रूखे जवाब की उम्मीद नहीं थी। उसका मुँह उतर गया। अजय उसे बहुत प्यार करता था। उसका उतरा हुआ मुँह उससे देखा नहीं गया तो वह उसके साथ छत पर चला गया और छत पर पहुँचते ही उसका ख़राब मूड एकदम से ठीक हो गया। वह सामने वाली छत पर थी। उसने अपने माथे पर हाथ मारा कि उसके दिमाग़ में यह बात पहले क्यों नहीं आई! गर्मियों में तो सब ज़्यादातर शाम को छत पर ही होते हैं।

"रूही, मीनू के यहाँ गेस्ट आए हैं क्या?" रूही अजय की छोटी बहन का नाम था और मीनू उसकी सहेली थी, जो सामने रहती थी।

"नहीं तो भैया।" रूही खेलते हुए बोली।

"तो फिर वो कौन है?" अजय ने धड़कते दिल से उस लड़की की तरफ़

इशारा किया।

"अरे, वो तो श्रुति है, मीनू की ताइजी की लडकी!" रूही ने जवाब दिया।

"वो श्रुति है?" अजय को यकीन ही नहीं हुआ। यह वही श्रुति है, जो साल में एक बार अपनी चाची यानी मीनू की मम्मी के यहाँ रहने आती थी और पिछले साल तक खेलने आने के नाम पर अजय को परेशान करने आती थी। अजय को पढ़ने का शौक था और श्रुति उसकी किताबें बिना पूछे ले जाती थी और फिर या तो वापस ही नहीं आती थी और अगर आती थी तो अपनी दुर्दशा पर आँसू बहाते हुए।

उसके खेल भी अजीब से होते थे। रामलीला खेलते थे, लेकिन बेले में। नाच कर भी कोई रामलीला होती है? उसे हमेशा रावण बनाती और ख़ुद राम बनती। एक बार तो वो इतना पक गया कि सचमुच रावण बनकर तलवार के नाम पर थमाई गई लकड़ी को लहराने लगा, जो उसे लग गई। शाम को मीनू की मम्मी उसकी शिकायत लगाने आई थी। फिर मम्मी ने उसे जोर से डाँटा और माफ़ी भी मँगवाई।

अजय को हँसी आ गई उस पुरानी बात को याद कर। उसने रूही से पूछा, "अबकी बार यह खेलने नहीं आई?" रूही ने इस बात पर ग़ौर से देखा तो अजय सकपका गया।

"नहीं, बस ऐसे ही पूछ रहा था।" अजय हड़बड़ाते हुए बोला।

"कल पूछ लूँगी कि क्यों नहीं आई इस बार भैया की किताबें फाड़ने।" रूही बोली।

"अरे नहीं, मैं तो बस ऐसे ही कह रहा था।" अजय ने सफ़ाई पेश की।

"चलो छोड़ो नहीं पूछूँगी।" रूही फिर से खेल में मगन हो गई। अजय ने अपने माथे पर हाथ मारा।

अगले दिन मम्मी पड़ोस में भजन में गई थी और अजय किताब पढ़ने में व्यस्त था। एक आवाज़ आई- 'हैलो अजय!' अजय ने चौंककर देखा श्रुति खड़ी थी। उसके दिल की धड़कन अचानक ही बढ़ गई और हाथ काँपने लगे। ऐसा पहले तो कभी नहीं हुआ था। श्रुति लाल फ्रॉक में कुछ ज़्यादा ही अच्छी लग रही थी। हल्का-सा मेकअप भी किया हुआ था। शायद आईलाइनर

लगाया था और गालों पर हल्का-सा ग़ुलाबी-सा कुछ।

"रूही बता रही थी कि तुम पूछ रहे थे इस बार मैं खेलने नहीं क्यों आई?" श्रुति ने पूछा।

"मैं न... नहीं तो!" अजय की ज़ुबान हकलायी।

"नहीं पूछ रहे थे?" वह हल्के से मुस्कुराई।

"नहीं, मेरा मतलब था कि..." अजय की समझ में नहीं आया कि क्या कहे। उसने एक किताब उसकी तरफ़ बढ़ा दी, "पढ़ोगी?"

वह हल्के से हँस पड़ी, "तुम्हें अपनी किताबों से प्यार नहीं रहा।"

अजय को कुछ समझ नहीं आ रहा था कि उससे क्या बात करे तो उसके मुँह से सिर्फ़ यही निकला, "तुम बहुत बदल गई हो।"

"अच्छा!" वो हँसी, "क्या बदल गया मुझमें?"

श्रुति शायद अजय की नर्वसनेस का पूरा लुत्फ़ उठा रही थी और अजय को यह समझ नहीं आ रहा था कि इस बार ऐसा क्यों हो रहा है? इस लड़की से उसे हमेशा चिढ़ लगती थी और आज उसे ऐसा लग रहा था कि वो सामने ही बैठी रहे।

2

अजय 14 साल का था। नौंवी क्लास में था, जब उसके साथ यह घटा। सीधा-सादा अजय पढ़ाई में ठीक था। आम लड़कों से थोड़ा अलग था। बहन के साथ गुड्डे-गुड्डियाँ खेलना उसे दोस्तों के साथ क्रिकेट खेलने से ज़्यादा पसंद था। इसका मतलब यह नहीं था कि वह क्रिकेट अच्छा नहीं खेलता था, लेकिन वो ऐसा ही था घरघुस्सू टाइप का किताबी-कीड़ा। किताबें उसकी सबसे अच्छी दोस्त थीं।

उसके पिताजी एक प्राइवेट कंपनी में एक अच्छी नौकरी पर थे। एक बहन थी छोटी, रूही। इनके सामने वाला मकान था रूही की सहेली मीनू का, जो अपने मम्मी पापा के साथ रहती थी। मीनू के पापा भी अजय के पापा के साथ उन्हीं की कंपनी में थे।

उस दिन से पहले तक अजय उसी तरह का था, जैसे उस दिन से पहले

हुआ करता था, पर उस दिन ने बहुत कुछ बदल दिया। रूही के साथ खेलने का शौक़ ख़त्म हो गया। पढ़ने बैठता तो श्रुति की शक़्ल सामने आ जाती, क्रिकेट खेलने जाता तो जल्दी आउट हो जाता, कैच हाथ से छूट जाते, कुछ तो गड़बड़ हो गई थी। घर पर मन नहीं लगता था और बाहर जाता तो मन करता कि घर चलूँ। राजन उसका एक अच्छा दोस्त था, लेकिन उन दिनों उसका साथ भी उसे उबाऊ लगता था। श्रुति तो अपने घर लौट गई, लेकिन जाते जाते अजय का सुकून अपने साथ ले गई।

समय हर घाव का इलाज कर देता है और अजय भी धीरे-धीरे पढ़ाई में व्यस्त होता गया। कुछ संयोग भी ऐसा हुआ कि श्रुति अगले दो साल तक आई भी नहीं। शायद वह भी पढ़ाई में व्यस्त हो गई थी। यद्यपि एक कसक अभी भी कहीं दबी हुई थी और अब तो अजय को समझ भी आने लगा था वो क्या गड़बड़ हुई थी। हालाँकि, यकीन उसे अब भी नहीं था।

3

11वीं की वार्षिक परीक्षा ख़त्म हो गई थी। अजय अब कॉलोनी की क्रिकेट टीम का कप्तान था, क्योंकि कॉलोनी के सभी सीनियर क्रिकेट के खिलाड़ी खेल से संन्यास ले चुके थे। उनमें से कुछ की शादी हो चुकी थी और अब उनकी पत्नियाँ उनकी ज़िंदगी की अम्पायर बनी हुई थीं, कुछ नौकरी की तलाश में महानगरों की तरफ़ पलायन कर चुके थे। इस वजह से कॉलोनी की क्रिकेट टीम की महत्त्वपूर्ण ज़िम्मेदारी नई पीढ़ी को हस्तांतरित की जा चुकी थी। सिर्फ़ क्रिकेट टीम की ज़िम्मेदारी नहीं, बल्कि होलिका दहन और रावण के पुतले के दहन के लिए के लिए चंदा इकट्ठा करने जैसी ज़िम्मेदारी भी इस युवा पीढ़ी के पास थी।

अजय क्रिकेट टीम का कप्तान था, क्योंकि उसके पास अपना बैट और पूरी क्रिकेट किट थी। इस किट में दो जोड़ी लेग गार्ड पैड, बैटिंग ग्लव्ज़, छह विकेट्स और दो जोड़ी बेल्स थी। किसी भी और लड़के के पास इतना सामान नहीं था। इसके अलावा वह खेलता भी ठीक था और दूसरी कॉलोनी की टीम्स से मैच रखने में भी कुशल था।

क्रिकेट टीम के बाक़ी खिलाड़ी वह होते थे, जो बॉल खरीदने के लिए और इनाम राशि के लिए चंदा देते थे। मैच ज़्यादातर शर्त लगा कर खेले जाते थे, जो 21 रुपये से 51 रुपये की होती थी। कभी-कभी जब सीनियर खिलाड़ी टीम में शामिल हो जाते तो यह शर्त 101 रुपये से 251 रुपये तक की भी हो जाती थी। इसके अलावा जीतने वाला हारने वाली टीम की बॉल भी रखने का हक़दार होता था, जो बाद में प्रेक्टिस के लिए और उसके बाद मोज़े में डाल कर बैट का स्ट्रोक निकालने में इस्तेमाल की जाती थी। प्रेक्टिस में कोई भी खेल सकता था। वहाँ चंदे की शर्त नहीं होती थी।

उस दिन सुबह छह बजे से मैच था, जो कि साढ़े नौ बजे से दस बजे तक ख़त्म होना था, क्योकि उस के बाद गर्मी काफी हो जाती थी। अजय साढ़े पाँच बजे सुबह घर से निकला, बाहर राजन इंतज़ार कर रहा था। किट को साइकिल के पीछे बाँधते हुए उसकी नज़र ऐसे ही ऊपर उठ गई। दिल धड़क उठा, शायद श्रुति थी; हाथ में तकिया था और बाल बिखर कर मुँह पर आ रहे थे, जिससे उसकी शक्ल साफ़ नहीं दिख रही थी। वैसे भी अलसुबह इतनी रोशनी नहीं होती कि शक्ल साफ दिख जाती।

श्रुति होने की संभावना इसीलिए थी कि मीनू को तो उसने कल ही देखा था, वह एक रात में इतनी लंबी नहीं हो सकती थी और मीनू की मम्मी को तो वो रात के अँधेरे में भी पहचान सकता था। लेकिन यह सब इतनी जल्दी हुआ कि वह कुछ सोच भी नहीं पाया। वह जो भी थी, रात को छत पर सोई थी शायद गर्मी की वजह से। वह श्रुति थी या नहीं, इसका पता सिर्फ़ एक ही व्यक्ति कर सकता और वह थी रूही। अजय का मन हुआ कि अभी रूही को जगा कर पूछे कि वह श्रुति ही थी या कोई और? लेकिन एक तो राजन ने जल्दी मचा रखी थी और रूही को जगाना भी ठीक नहीं होता।

मैच तो हारना ही था, क्योंकि जब कप्तान को घर जाने की जल्दी लगी हो और उसका ध्यान भी कहीं और हो तो रिज़ल्ट यही होना था। लेकिन अजय को आज हार से कुछ फ़र्क़ नहीं पड़ने वाला था। साथी खिलाड़ी उसकी ग़लती बताते रह गए, लेकिन अजय ने फटाफट सामान समेटा और घर भाग लिया। रूही अब भी सो रही थी। अजय ने जाते ही उसे जगा दिया और मम्मी

की डाँट खाई। नाश्ते के समय तो वह रूही से कुछ पूछ नहीं सकता था और नाश्ते के बाद रूही, मीनू के यहाँ खेलने चली गई। अजय मन मसोसकर रह गया। जब रूही लौटकर आई तो मम्मी ने कपड़ों का एक बैग अजय के हाथ में थमा दिया कि इसे मामी के यहाँ दे आओ। पैर पटकते हुए अजय मामी के यहाँ जाने को तैयार हुआ। उसकी जिज्ञासा अभी भी शांत नहीं हुई थी, मगर जैसे ही वह घर के बाहर निकला, उसका दिन बन गया।

श्रुति सामने गेट पर खड़ी थी। वह अजय को देखकर मुस्कुराई। अजय का दिल इतनी जोर से धड़क रहा था कि जैसे छाती फाड़ कर बाहर निकलने वाला हो। अजय उससे नज़रें नहीं मिला पाया। श्रुति ने 'हाय' कहने के लिए अपना हाथ हिलाया, बदले में अजय बहुत कोशिश करके भी बस 'हाय' स्वीकार करने के लिए हाथ उठा पाया। इतने में श्रुति के लिए अंदर से आवाज़ आई। शायद उसकी चाची बुला रही थी। श्रुति ने जल्दी-जल्दी में इशारे से उसे कहा कि बाद में मिलती हूँ। अजय को इशारे समझ नहीं आते थे, मगर उस दिन सब समझ आ गया। उसने धीरे से अपने घर के अंदर झाँका कि कोई देख तो नहीं रहा और तसल्ली करने के बाद मामी के घर के लिए उड़ चला, क्योंकि उसके पैरों में पंख लग गए थे।

शाम को जब घर लौटा तो रूही कमरे में पढ़ रही थी। अजय ने उससे अनजान बनते हुए पूछा, "मीनू के घर कोई आया है क्या?" रूही पढ़ते-पढ़ते रुक गई और जिस तरह से उसने देखा, उससे अजय सकपका गया। हकलाते हुए बस इतना ही कह पाया, "ऐ... ऐसे ही पूछ रहा था।"

"आपको सच में नहीं मालूम कौन आया है?" रूही ने उल्टा प्रश्न दागा।

"मुझे कैसे मालूम पड़ेगा?" मैं कोई जाता हूँ उसके यहाँ। तेरी सहेली है।" अजय ने उससे जान छुड़ाने के लिए कहा।

'ये रूही भी ज़्यादा नानी बनने लगी है।' अजय ने मन में सोचा।

"और सुबह जो हाय हेलो हुई थी वो किसकी सहेली थी?" रूही ने ओपन फ़ायर किया। अजय ने घबरा कर इधर उधर देखा। "मम्मी कपड़े धो रही है, डरो मत!" रूही ने अगली गोली दागी।

"मैंने किससे हाय हेलो की?" अजय ने नज़रें चुराते हुए कहा।

"अच्छा तो तुम्हारी सहेली झूठ बोल रही थी।" रूही ने कहा।

"क्या कह रही थी मेरी सहेली, म... मतलब श्रुति।" अजय ने पूछा।

"बता रही थी कि मेरे भैया कितने बड़े फट्टू हैं, जो डर की वजह से ढंग से हाय-हैलो भी नहीं कर सकते।" रूही ने अजय को चिढ़ाया। उसके बाद अजय रूही को मनाता रहा और रूही अजय को चिढ़ाती रही।

4

उस दिन वसंत पंचमी थी। अजय छत पर पतंग उड़ाने में मशग़ूल था और इतना ज़्यादा मशग़ूल था कि उसे मालूम ही नहीं पड़ा कि कब श्रुति छत पर आ गई। वह थोड़ी देर तक देखती रही, फिर उसने रूही की ओर देखा मदद के लिए। रूही हँसी और उसने अजय के हाथों से पतंग तोड़ दी। अजय को बहुत तेज़ ग़ुस्सा आया और आ के चला गया, क्योंकि सामने श्रुति खड़ी थी।

"भैया, आपको श्रुति दी से कुछ बात करनी थी, आप बात करो मैं आती हूँ।" रूही ने कहा और नीचे भाग गई।

"श्रुति सामने खड़ीं थी और अजय को समझ नहीं आ रहा था कि वो उससे क्या बात करे? दोनो थोड़ी देर तक चुप खड़े रहे। फिर श्रुति ने चुप्पी तोड़ी, "हाँ तो बताओ ना, क्या कहना चाहते थे तुम?"

"मैं म्म..." अजय की ज़ुबान लड़खड़ाई।

"कुछ नहीं कहना तुम को तो मैं जाऊँ?" श्रुति ने थोड़ा बोर होकर पूछा।

"नहीं, कहना है!" अजय ने एकदम से कहा।

"तो कहो ना।" श्रुति ने कहा।

"तुम बहुत सुंदर हो श्रुति।" अजय ने कहा।

"हाँ, वो तो मैं हूँ।" श्रुति ने इतराते हुए कहा।

"और मुझे बहुत अच्छी लगती हो।" यह शब्द शुरू तो नॉर्मल आवाज़ में हुआ, लेकिन 'हो' तक पहुँचते-पहुँचते आवाज़ इतनी धीमी हो गई कि श्रुति को ध्यान से सुनना पड़ा।

"अच्छा! और?" श्रुति थोड़ा और इतराई।

"मुझसे दोस्ती करोगी?" अजय ने पूछा।

"सिर्फ़ दोस्ती ?" श्रुति ने कहा तो अजय को लगा जैसे वसंत पंचमी की चमकीली धूप गुलाबी हो गई। उसने श्रुति का हाथ पकड़ लिया।

"अरे छोड़ो सब देख रहे हैं।" श्रुति ने हाथ छुड़ाने की सिर्फ़ कोशिश की, छुड़ाया नहीं। इससे अजय की हिम्मत थोड़ी और बढ़ी। उसने श्रुति का दूसरा हाथ भी पकड़ लिया। श्रुति ने अबकी ज़्यादा विरोध नहीं किया। अजय थोड़ी देर तक ऐसे ही खड़ा रहा। उसकी हिम्मत इससे ज़्यादा नहीं हो पा रही थी। फिर उसने थोड़ी हिम्मत जुटाई, वह थोड़ा-सा और क़रीब आया। श्रुति शायद ख़तरे को भाँप गई, उसने आँख के इशारे से मना किया। अजय वहीं रुक गया।

"चाची बुला रही है, मैं बाद में मिलती हूँ।" श्रुति कहकर निकल गई।

अजय अभी भी मंत्रमुग्ध-सा वहीं खड़ा था। वह भूल गया कि वसंत पंचमी है, पतंग उडानी है। उसको समझ नहीं आ रहा था कि क्या करे ? अंदर एक अजीब सी ख़ुशी महसूस हो रही थी और उस ख़ुशी की वजह से अजीब सी बेचैनी हो रही थी। मन कर रहा था कि नाचने लगे। सारी दुनिया बड़ी ख़ूबसूरत-सी हो गई थी। उसे लग रहा था कि बस वो और श्रुति हों और पूरे दिन बैठे-बैठे बात करते रहें। तभी उसकी ख़ुशी में ख़लल पड़ा, मम्मी उसे नीचे बुला रही थी, खाना खाने के लिए। उसे बड़ी कोफ़्त हुई। मम्मी उसे अब भी बच्चा समझती है, वो अब बड़ा हो गया है।

वो पूरा दिन अजय की ख़ुशी का कोई ठिकाना नहीं था। उसे रात में भी नींद नहीं आई। वह रात भर विभिन्न तरह की कल्पनाएँ करता रहा। उसे तमाम फ़िल्में याद आती रहीं, जिनमें हीरो वो ख़ुद था और हीरोइन श्रुति थी। फिर दो दिन बाद उसकी लॉटरी लगी।

श्रुति को कुछ किताबें ख़रीदनी थी और मीनू की मम्मी ने उसे बाज़ार से किताब दिलाने की ज़िम्मेदारी अजय को दी। अजय और श्रुति एक रिक्शे पर थे। एक दो बार अजय श्रुति से टकराया, एक दो बार श्रुति ने अजय को हल्के से कोहनी से छुआ। इस छुआ-छुई में जो रोमांच था, वह वर्णन से परे था। अजय को ऐसा लग रहा था, जैसे वह ज़िम्मेदार हो गया था और श्रुति की ज़िम्मेदारी उसके कंधे पर थी। अंत में अजय ने उसका हाथ अपने हाथ में पकड़ लिया। श्रुति ने भी हाथ छुड़ाने की कोशिश नहीं की और फिर पूरे

बाज़ार में वह एक-दूसरे का हाथ पकड़ कर घूमे।

श्रुति को अब जब भी मौक़ा मिलता, अजय के यहाँ आ जाती। शुरू मैं वह थोड़ी देर रूही से बात करती। अजय की मम्मी जैसे दाएँ-बाएँ होतीं वह अजय के साथ बैठकर बातें बनाती, कई बार एक-दो घंटे तक। कई बार अजय की मम्मी उसे याद दिलाती कि दो घंटे हो गए, घर जाना है कि नहीं।

अजय का घर से निकलना भी कम हो गया। ज़्यादातर समय तो श्रुति से ही बात करते निकलता। एक दिन श्रुति ने उसे थोड़ा-सा डराया, उसने अजय से कहा, "कल चाचाजी, चाचीजी से कह रहे थे कि आजकल अजय श्रुति से कुछ ज़्यादा ही चिपकता है, कहीं दोनों का टाँका तो नहीं भिड़ गया है।"

दोनों इस पर बहुत पल तक सोचते रहे कि कैसे अपने प्यार को दुनिया की ज़ालिम नज़रों से बचाएँ। फिर दोनों ने यह तय किया वे अब थोड़ा कम मिलेंगे। और दोनों एक हफ़्ते तक इस पर कायम भी रहे। अजय ने इसे थोड़ा ज़्यादा सीरियसली ले लिया। उसने एक दो बार श्रुति को इग्नोर ही कर दिया। इस पर श्रुति नाराज़ हो गई और यह ख़बर अजय तक वाया रूही पहुँची। अजय ने माफ़ी माँगी और यह ख़बर भी वाया रूही श्रुति तक पहुँची। फिर इस पर डिस्कस करने श्रुति अजय के घर आई तो अजय की मम्मी ने कहा, "श्रुति बड़े दिन बाद आई।"

श्रुति ने कहा, "आंटी बस ऐसे ही ज़रा काम में फँस गई थी।"

"आ जाया कर बेटी अच्छा लगता है।" अजय की मम्मी ने कहा।

"जी आंटी।" श्रुति ने कहा।

और फिर सारी प्रतिज्ञा रखी रह गई। अजय और श्रुति फिर पहले की तरह मिलने लगे।

5

होली का दिन था। अजय घर से नहीं निकला था। उसके सारे दोस्त उसे ललकार कर चले गए थे। अजय छत पर ही चढ़ा रहा। फिर श्रुति आई। उसने कोशिश की कि अजय दरवाज़ा खोल दे, लेकिन अजय ने दरवाज़ा नहीं खोला तो श्रुति ने धमकी दी कि वह नाराज़ हो जाएगी। तब अजय ने दरवाज़ा

खोला। श्रुति ने उस पर पहले से भरकर रखी बाल्टी का पानी डाल दिया। अब तो अजय को भी झक लग गई। उसने बाल्टी भरी और श्रुति के ऊपर डाली। फिर बाल्टी भरी, श्रुति ने भी उसका हाथ पकड़ लिया। पानी से भीगी हुई श्रुति और पानी से भीगा हुआ अजय इस छीना-झपटी में एक-दूसरे के कब नज़दीक आ गए, दोनो को पता ही नहीं चला। और फिर बाल्टी छूट गई और दोनों ने एक-दूसरे को बाँहों में जकड लिया। अजय ने धीरे-धीरे अपनी बाहों के घेरे को कसना शुरू किया, तो श्रुति और नज़दीक आ गई। अब जो हो रहा था, वह ख़ुद हो रहा था। दोनों का ही नियंत्रण अपने ऊपर ख़त्म हो चुका था। अजय ने अपने गाल उसके गाल से सटाये। तो श्रुति थोड़ा सचेत हुई। उसने अजय को अपने से दूर धकेला और इधर-उधर देखा कि कोई देख तो नहीं रहा। और उसकी ऊपर की साँस ऊपर और नीचे की साँस नीचे रह गई। सामने वाली छत से चाचाजी उसे घूर रहे थे। आँखों से अंगारे बरस रहे थे। उन्होंने उसे घर आने का इशारा किया। अजय की हवा भी संट थी, फिर भी उसने हिम्मत दिखाई। उसने श्रुति से कहा कि मैं भी चलूँ साथ। मगर श्रुति ने मना कर दिया।

उसके बाद दो-तीन दिनों तक श्रुति दिखाई नहीं दी। अजय बेचैन था कि हुआ क्या? फिर रूही ने पता लगाया कि होली वाले दिन श्रुति के चाचाजी बहुत गुस्सा हुए और अगले दिन उसे उसके घर छोड़ आए। रूही ने बताया कि अब श्रुति के वापस आने के चांस न के बराबर थे।

अजय की हालत ऐसे हो गई थी जैसे नाग की नागमणि छिन जाने के बाद हो जाती है। ना उसका खेल में मन लग रहा था और ना ही पढ़ाई में। आख़िर इसका हल भी रूही ने निकाला। वह श्रुति का पता मीनू से निकाल कर लाई और फिर दोनो ने अपनी गुल्लक फोड़ी, सारे पैसे इकट्ठे किए और अजय एक सुबह स्कूल जाने के नाम पर निकला और पहुँच गया श्रुति के शहर। पूरा दिन ख़राब हुआ, मगर श्रुति से मुलाक़ात नहीं हुई, क्योंकि श्रुति घर से बाहर ही नहीं आई।

यह एक समस्या थी और इसका हल भी रूही ने निकाला। अब की बार वह श्रुति का स्कूल का नाम पता करके आई और फिर दोनों भाई-बहन ने

अपने पैसे जोड़े। और एक बार फिर अजय श्रुति के शहर पहुँचा। अबकी बार वह स्कूल के बाहर खड़ा रहा और इस बार उसकी किस्मत अच्छी थी उसकी श्रुति से मुलाक़ात हो गई। श्रुति को उम्मीद नहीं थी, इसीलिए वह उसे देखकर बेहद ख़ुश हुई। दोनों बहुत देर तक साथ बैठे। दोनों ने हर बुधवार को मिलना फ़िक्स किया। अजय बहुत ख़ुश ख़ुश लौटा। इसके बाद अजय दो तीन बार श्रुति से मिलने गया, लेकिन फिर बहुत गड़बड़ हो गई।

एक दिन अजय के पिताजी सोए तो सुबह उठे ही नहीं, उन्हें सोते-सोते ही हृदयाघात हो गया। सिर्फ़ 13 दिन में अजय की दुनिया बदल गई। पहले जिस घर में मेहमानों का जमावड़ा लगा रहता था, 13वें दिन वो ऐसा ख़ाली हुआ कि मेहमान उस घर का रास्ता भूल गए। एक दिन अजय की मम्मी ने दोनों भाई बहनों को साथ बैठाकर ज़माने की कड़वी हक़ीक़त बताई। आय का साधन ख़त्म हो चुका था। पैसे जो मिले थे, वह अजय की मम्मी ने रूही की शादी के लिए बैंक में जमा करवा दिए थे। मकान ख़ुद का था, मगर खाने-पीने का खर्चा निकालना एक चुनौती थी।

और फिर अजय ने घर की ज़िम्मेदारी सँभाली। अजय की मम्मी ने अपनी रसोई नाम से मेस शुरू की। अजय टिफिन ग्राहकों को उनके घर, ऑफ़िस पर देकर आता, फिर स्कूल और फिर शाम को ट्यूशन पढ़ाने जाता। इससे इतना होना लगा कि घर चलने लगा। मगर अब श्रुति के शहर जाना अजय के लिए असंभव हो गया था।

6

अजय अब ग्रेजुएशन सेकेंड ईयर का छात्र था और पिताजी को गुज़रे तीन साल हो चुके थे। घर की हालत पहले से और ख़राब हुई थी। मम्मी पूरे दिन मेहनत करती, वो पूरे दिन मेहनत करता, फिर भी इतना ही हो पाता कि घर चल सके। वो पढ़ाई में होशियार था और मम्मी की पूरी उम्मीद अब उस पर ही टिकी थी। इस बीच सब कुछ बदल गया था, लेकिन श्रुति की चाहत उसके मन से नहीं निकली थी। श्रुति पिछले तीन सालों से इधर आई भी नहीं थी। अजय के मन में उसकी अब भी वही तस्वीर थी, जबकि वो ख़ुद जानता

था कि वो पहले से बदल गई होगी।

वह पढ़ाई के अलावा बैंकिंग और सरकारी सेवाओं की तैयारी कर रहा था। उसे पूरी उम्मीद थी कि अगर वो सरकारी सेवा में आ गया तो श्रुति के पेरेंट्स उसे शादी के लिए मना नहीं कर पाएँगे। रूही की दोस्ती अब भी मीनू के साथ थी, जो समय के साथ और पक्की हो गई थी। मीनू के पिताजी ने श्रुति वाली घटना से सबक लेते हुए मीनू से अजय को राखी बँधवानी शुरू कर दी थी। जब मीनू ने पहली बार अजय को राखी बाँधी थी तो अजय को हँसी आई थी, क्योंकि मीनू हमेशा उसे रूही जैसी ही लगी थी।

फिर एक दिन रूही ने अजय को बताया कि श्रुति एक-दो दिन में मीनू के यहाँ रहने आने वाली है। अजय की ख़ुशी का कोई ठिकाना नहीं था। लेकिन रूही ने उसे ज़्यादा ख़ुश ना होने की ताक़ीद की। और फिर एक दिन जब वह देर रात ट्यूशन पढ़ा कर लौटा तो उसने श्रुति को रूही के साथ खुसुर-पुसुर करते पाया। अजय का दिल हलक में आ गया। श्रुति और निखर गई थी। पहले से पतली हो गई थी और मेकअप का सेंस आ गया था। श्रुति को देखकर अजय के चेहरे पर झेंपी सी मुस्कान आई। श्रुति ने भी जवाबी स्माइल की। मगर फिर वो तुरंत ही घर लौट गई।

अजय को हल्का-सा खटका हुआ कि श्रुति उससे बिना बात किए क्यों चली गई। फिर उसने सोचा कि शायद काफ़ी दिन बाद मिली है, इसीलिए शर्मा रही होगी। जैसे ही मौक़ा मिला, अजय ने रूही से पूछा कि कब आई श्रुति ?

बदले में रूही ने अजय के ऊपर बम फोड़ा, "भैया, आप को पुरानी बातें भूलनी पड़ेंगी। उसका किसी और से अफ़ेयर चल रहा है।"

अजय को समझ ही नहीं आया कि क्या जवाब दे, बस इतना निकला उसके मुँह से- "और मैं ?"

रूही ने कुछ जवाब नहीं दिया। वो रात अजय पर बहुत भारी गुज़री। वो चीख चीख कर रोना चाहता था, लेकिन रुलाई हलक से बाहर नहीं आती थी। अगले दिन उसने सुबह श्रुति को देखा, वह आँगन में खड़ी थी। उसे देखकर मुस्काई। अजय का मन हुआ उसके थप्पड़ मार दे, लेकिन वो कुछ भी नहीं कर पाया, मुस्कुरा भी नहीं पाया।

श्रुति अब भी उसके घर आती थी। उसने अजय से एक दो बार बात करने की कोशिश भी की, लेकिन अजय ने अब उससे दूरी बना ली थी। रूही ने बताया था कि श्रुति का बॉयफ्रेंड किसी अफ़सर का बेटा था, पढ़ाई छोड़ चुका था, बहुत हैंडसम था। दोनों के घरवाले इस रिश्ते के सख़्त खिलाफ़ थे, इसीलिए पिताजी ने उसे छोटे भाई के यहाँ भेजा था कि कभी ना कभी श्रुति उसे भूल जाएगी।

यहाँ पर उसके लिए लड़के देखे जा रहे थे। और फिर एक दिन हल्ला मच गया। श्रुति घर से ग़ायब हो गई। एक चिट्ठी पीछे छोड़ गई कि वो अपनी मर्ज़ी से घर छोड़कर जा रही है। घरवालों ने उसे ढूँढने के लिए सारा ज़ोर लगा दिया। पुलिस में भी रिपोर्ट कराई अपहरण की। मगर कुछ हासिल नहीं हुआ।

उस दिन अजय जब घर लौटा तो देखा कि पूरी कॉलोनी उसके घर के बाहर इकट्ठा थी। उसे कुछ समझ नहीं आया। अनहोनी की आशंका से उसका दिल काँप उठा। वह तेज़ी से घर में घुसा तो देखा एक उसी की उम्र का लड़का घर में था और सामने श्रुति बैठी थी माँग में सिंदूर भरे। उसे सब समझ आ गया। श्रुति शादी करके लौट आई थी और उसके घरवालों ने उसे घर में घुसाने से मना कर दिया। अब श्रुति उसके यहाँ बैठी थी। मम्मी एक तरफ़ किंकर्तव्यविमूढ़ सी बैठी थी। अजय को श्रुति पर बहुत ग़ुस्सा आया कि किस मुसीबत में फँसा दिया। आख़िर उसने मम्मी को लिया और मीनू के यहाँ गया। मीनू के पिताजी को समझाने में दो घंटे लगे। और तब जा कर श्रुति घर गई।

श्रुति के पेरेंट्स ने श्रुति को माफ़ नहीं किया और ना ही शरद के पेरेंट्स ने श्रुति को स्वीकार किया। तो श्रुति का परिवार भी मीनू के पिताजी की ज़िम्मेदारी बन गई। उन्होंने श्रुति को अपने ही एक दोस्त के घर में किराए पर मकान दिलवा दिया। एक और स्ट्रग्लिंग फैमिली अजय के घर के आस पास ही बस गई। अक्सर इन दो घरों में यानी अजय के घर और श्रुति के घर पैसों की तंगी रहती थी। गैस सिलिंडर नहीं होते और तब पैसों का लेन-देन, सिलिंडर्स का लेन-देन होता रहता था।

शरद और श्रुति दोनों ही कम उम्र थे। श्रुति महज 18 साल और शरद

शायद 19 साल का था। दोनों को ही ज़िंदगी की कड़वी हक़ीक़तों का अहसास नहीं था। शादी तो कर ली, पर बिना पैसों के घर कैसे चले। ना शरद ने पढ़ाई पूरी की ना श्रुति ने, तो नौकरी मिलना भी मुश्किल हो रहा था। शरद को बढ़िया कपड़े पहनने का शौक था और श्रुति को सजने-सँवरने का, जो थोड़े बहुत पैसे आते तो वो ग़ैरज़रूरी खर्चों में ख़त्म हो जाते। पैसो की तंगी होने लगी तो शरद और श्रुति का प्यार भाप बनकर उड़ने लगा। अक्सर झगड़ा होने लगा।

एक दिन अजय, श्रुति के यहाँ पहुँचा तो श्रुति ने शरद की शिकायतों का पिटारा खोल दिया। 'काम नहीं करना चाहते, पूरे दिन घर पर पड़े रहते हैं' जैसी कई शिकायतें। अजय चुपचाप सुनता रहा। समझ नहीं पा रहा था कि क्या जवाब दे। जब श्रुति चुप ही नहीं हुई तो अजय ने कहा, "अब क्या फ़ायदा शिकायत से, पसंद भी तो तुमने ही किया था।"

श्रुति एकदम से चुप हो गई। कुछ देर तक देखती रही फिर बोली, "तुम अभी भी पुरानी बातें भूले नहीं हो।"

अजय किलसा हुआ तो था ही, "वो क्या भूलने वाली बात है?" थोड़ा रुका फिर दोबारा बोला, "हर कोई तुम्हारी तरह नहीं हो सकता ना!"

"मैं तब बच्ची थी अजय।" श्रुति ने कहा।

"बच्ची थी इसीलिए एक खिलौने की ज़रूरत थी!" किलस अब निकलकर बाहर आ रही थी।

थोड़ी देर के लिए शांति छा गई। अजीब-सी स्थिति बन गई थी। अजय बोलना तो बहुत कुछ चाहता था। दिनों से दबी हुई भड़ास बाहर निकलना चाहती थी कि श्रुति ने अजय का हाथ पकड़ लिया। अजय की आँखों में आँसू आ गए। पीड़ा बूँदों में बदलने लगी।

"माफ़ कर दो मुझे।" श्रुति ने कहा तो अजय ने सँभाला अपने आप को।

"अब दोबारा नहीं आऊँगा यहाँ।" अजय ने कहा।

"क्यों? क्यों नहीं आओगे?" श्रुति ने कहा।

"क्या करूँगा यहाँ आकर? यहाँ क्या है मेरा जो मैं आऊँ?" अजय ने कहा।

"यहाँ सखी है तुम्हारी। यानी मैं अजय। माफ़ नहीं करोगे अपनी सखी को?" श्रुति ने कहा।

7

धीरे-धीरे तीन साल बीत गए। शरद ने RO की मशीन का काम शुरू किया, जो चल निकला। पैसों की क़िल्लत ख़त्म हुई। श्रुति भी एक लड़की की माँ बन गई। तरक़्क़ी आई तो घर में तरह-तरह के सामान आ गए। शरद का भी पूरा दिन अपने काम को आगे बढ़ाने में बीतने लगा।

अजय की लाइफ़ में वैसे तो कोई ख़ास बदलाव नहीं आया, पर भविष्य की उम्मीदें जागने लगीं। उस साल उसने बैंकिंग और सरकारी सेवाओं की कुछ लिखित परीक्षाएँ पास कीं, पर पैसों की तंगी इतनी थी कि इंटरव्यू के लिए जाने के लिए भी पैसे नहीं थे। ऐसे में श्रुति ने उसकी हर बार पैसे से मदद की।

एक आख़िरी इंटरव्यू के लिए जाना था। अजय को एक बार फिर श्रुति के यहाँ आना पड़ा। अजय हर बार यही सोचता था कि अगली बार श्रुति के यहाँ नहीं आएगा, लेकिन एक तो श्रुति का ऐसा मोहपाश था, जिससे वो निकल ही नहीं पाया था और दूसरा पैसों की ज़रूरत, जो हर बार श्रुति से सहजता से पूरी हो जाती थी। उसे पूरी उम्मीद थी कि इस बार उसका कहीं ना कहीं चयन हो ही जाएगा, तब वो श्रुति के एक एक पैसा का हिसाब देगा।

जब वह पहुँचा तो श्रुति असामान्य रूप से शांत थी। कुछ असहज करने वाला वातावरण था। वह थोड़ी देर तक इंतज़ार करता रहा कि श्रुति कुछ पूछे तो वह उसे अपनी ज़रूरत बताए। मगर श्रुति उसके लिए चाय बना लाई। दोनों चुपचाप चाय पीते रहे। फिर उसने ही श्रुति से ही पूछा, "सब ठीक है ना?"

"कुछ ठीक नहीं है, सब गड़बड़ है अजय!" श्रुति कहते-कहते रो पड़ी।

"क्या हो गया?" अजय घबरा गया।

"शरद का कहीं अफ़ेयर चल रहा है।" श्रुति ने कहा।

श्रुति के पास हर बार ऐसी ही कोई-ना-कोई बात होती थी। जब पैसे नहीं थे तो उसे शिकायत थी कि शरद पूरे दिन घर में पड़ा रहता है और अब जब सब कुछ सही चल रहा था तो उसे शिकायत थी कि शरद के पास उसके लिए

समय नहीं है। अजय को कोफ़्त होने लगी।

"श्रुति, शरद काम में फँसा है, इसका यह मतलब नहीं कि उसका कहीं और अफ़ेयर चल रहा है।" अजय ने समझाया।

लेकिन श्रुति रोती रही। अजय समझ गया कि आज वो पैसों की बात नहीं कर पाएगा। उसके पास वक़्त कम था, जाने की तैयारी भी करनी थी। उसने एक और कोशिश की कि श्रुति सामान्य हो जाए। तो उसने श्रुति का हाथ पकड़कर उसे सांत्वना देनी चाही। मगर श्रुति एकदम से उससे लिपटकर रो पड़ी। अजय इसके लिए तैयार नहीं था। वह रोक भी नहीं पाया। उसे महसूस हुआ कि श्रुति वही श्रुति है, जो होली के दिन उससे लिपटी हुई थी और वो वही अजय है श्रुति की एक झलक का दीवाना। उसको अहसास भी नहीं हुआ कि वह और श्रुति जिस हालत में थे, कोई भी देखता तो ग़लत मतलब ही निकालता। कॉल बेल बजी तो दोनों जैसे होश में आए। सिलिंडर वाला गैस सिलिंडर लाया था।

अजय अब भी मूर्तिवत खड़ा था। उसकी सारी समझ जैसे ख़त्म हो गई थी। जब वास्तविकता का अहसास हुआ तो वह ग्लानि से भर उठा। श्रुति भी समझ रही थी कि यह सही नहीं हुआ था। उसने बोझिल हो चुके वातावरण को हल्का करने के लिए पूछा, "तुम्हें इंटरव्यू के लिए कब जाना है?"

"कल जाना है।" अजय ने सर झुकाए ही जवाब दिया।

"पैसे हैं?" थोड़ा अटकते हुए श्रुति ने पूछा।

"नहीं!" अजय ने इनकार में सर हिलाया।

"कितने की ज़रूरत होगी?" श्रुति ने पूछा।

"क़रीब तीन हज़ार की।" पैसे की ज़रूरत हर ग्लानि को ख़त्म कर देती है, यह अजय को उस पल अहसास हुआ।

श्रुति अंदर गई और थोड़ी देर बाद कुछ रुपये हाथ में लेकर आई और बोली, "मेरे पास अभी सत्ताईस सौ हैं, इनसे चल जाएगा तो ठीक, नहीं तो शाम को शरद से लेकर देती हूँ।"

"नहीं मैं काम चला लूँगा।" अजय ने कहा।

अजय जब इंटरव्यू से लौटा तो श्रुति की बेटी को अपने घर में खेलता

पाया। रूही से मालूम पड़ा कि श्रुति और शरद का झगड़ा हुआ था। श्रुति ने शरद को रंगे हाथ अपने साथ काम करने वाली लड़की के साथ पकड़ लिया था। और तब से श्रुति मीनू के यहाँ ही थी। शाम को जब श्रुति उसके घर अपनी बेटी को लेने आई तो अजय की मम्मी उसे समझाने लगी कि एक बार शरद को माफ़ कर दे। श्रुति चुपचाप सुनती रही।

"श्रुति, मैं एक बार शरद से बात करूँ?" अजय ने पूछा।

श्रुति ने चौंककर देखा, फिर बोली, "तुम्हें लगता है कि शरद से बात करनी चाहिए?"

"हाँ श्रुति, ग़लती इंसान से ही होती है। एक बार तो बात करनी ही चाहिए।" अजय ने कहा।

"ठीक है करो बात। अगर तुम्हें सही लगता है तो करो बात।" श्रुति ने कहा।

8

शरद ने बिना नानुकुर किए अपनी ग़लती मान ली और वह श्रुति से माफ़ी माँगने को भी तैयार हो गया। उसने सबके सामने वादा किया कि वह अब दोबारा यह ग़लती नहीं करेगा। श्रुति एक बार फिर शरद के साथ चली गई। हालाँकि एक खटास दोनों के बीच आ चुकी थी, पर बच्ची के लिए दोनों झुकने को तैयार हो गए।

अगला महीना अजय के लिए बंपर ख़ुशियों वाला साबित हुआ। उसका सेलेक्शन दो बैंकों में और दो सरकारी विभागों में हो गया। कहाँ तो एक नौकरी के लाले थे और कहाँ इतनी नौकरी कि किसे करे और किसे छोड़े। काफ़ी सोच समझकर उसने बैंक P.O. की नौकरी जॉइन कर ली। इसके लिए उसे दूसरे शहर जाना पड़ा।

दूसरे शहर गए दो हफ़्ते ही हुए थे कि एक दिन मम्मी का फ़ोन बैंक में आया कि श्रुति ने मिट्टी का तेल डालकर आग लगा ली है और गंभीर हालत में अस्पताल में भर्ती है। अजय ने अपना सर थाम लिया। अजय को लगता था कि वह श्रुति को कभी माफ़ नहीं कर पाएगा और वह उसके दिए एक-एक

पैसों को उसके हाथ में थमा कर सारे रिश्ते तोड़ना चाहता था। पर उस पल उसे मालूम हुआ कि उसकी सारी नफ़रत झूठी थी। वह आज भी वही नवीं कक्षा वाला अजय था, जो श्रुति के अपने घर जाने पर उदास हो जाता था। वह ज़ोर-ज़ोर से रोना चाहता था, वह श्रुति का हाथ पकड़ना चाहता था। पर वह बैंक में था; ना रो सकता था ना जा सकता था, क्योंकि नौकरी कच्ची थी। छुट्टी पता नहीं मिलती कि नहीं और पूरे घर के सपने इस नौकरी से जुड़े थे। वह एक रोबोट की तरह शनिवार तक काम निबटाता रहा। शनिवार की शाम को वह पहली बस से धक्के ख़ाता हुआ अपने शहर पहुँचा और सीधे अस्पताल गया। शरद उसे बाहर ही मिल गया। उसे देखते ही लिपट गया। रोने लगा, बताता रहा कि उसने सच में कोई ग़लती नहीं की, श्रुति को ग़लतफहमी हुई थी। उसने शरद को तसल्ली दी, उससे पूछा, "क्या मैं श्रुति से मिल सकता हूँ?"

श्रुति बर्न वॉर्ड में थी। पूरा शरीर एक जाली से ढका था। अजय को देखकर उसके चेहरे पर मुस्कान आ गई। अजय ने मुस्कुराने की कोशिश की, पर आँखों में आँसू ही आए। उसके चेहरे पर एक भी खरोंच नहीं थी, लेकिन गर्दन से नीचे का पूरा हिस्सा ढका हुआ था जो ज़ाहिर था कि जला हुआ था।

"ग़लती हो गई अजय इस बार। इस बार जल्दबाज़ी कर दी मैंने। शरद की ग़लती नहीं थी।" थोड़ी देर चुप रहने के बाद श्रुति ने कहा।

"ग़लतियाँ और जल्दबाज़ी तो तुम हमेशा से करती आई हो श्रुति।" अजय सिर्फ़ इतना ही कह पाया।

"तुम अब भी..." श्रुति हँसी।

"हाँ, मैं अब भी तुम्हें प्यार करता हूँ और शायद हमेशा करता रहूँगा।" अजय ने कहा।

"एक बात कहूँ, मानोगे? अब ज़िंदगी में आगे बढ़ो। भूल जाओ पुरानी बातों को। मैं इस बोझ के साथ जाना नहीं चाहती अजय।" श्रुति भावुक हो गई थी।

"मैं कोशिश करूँगा श्रुति, पर तुम्हें कुछ नहीं होगा। ठीक हो जाओगी।" अजय ने कहा।

उसके चेहरे पर हँसी आई फिर बोली, "70% से ज़्यादा जल चुकी हूँ, अब बचना मुश्किल है अजय। कल डॉक्टर्स यही बात कर रहे थे।"

अजय ने आँखें बंद कर लीं। फिर कहा, "तुम हँस कैसे पा रही हो? दर्द नहीं हो रहा तुम्हें?"

"पूरी खाल जल चुकी है, सेंसेशन ख़त्म हो चुकी है। अब दर्द नहीं होता, चाहो तो देख लो।" वह चादर हटाने लगी।

"नहीं रहने दो।" अजय ने कहा।

"अरे अब छुपाने के लिए कुछ बचा नहीं है।" श्रुति बोली।

"मैं नहीं देख पाऊँगा श्रुति!" अब की बार अजय सचमुच ही रो पड़ा।

वह थोड़ी देर और बैठा, फिर उसकी ड्रेसिंग का टाइम हुआ तो उसने घर जाने की इजाज़त माँगी। उस रात वह सो नहीं पाया। सुबह बस उसकी आँख लगी ही थी कि दुखद ख़बर आ गई। श्रुति रात में गुज़र गई।

बॉडी पोस्टमॉर्टम के लिए जा चुकी थी और उस दिन वापस मिलने के चांस नहीं थे। श्रुति के पेरेंट्स भी आ गए थे। श्रुति की शक्ल ना देखने की कसम खाने वाले उसके पिताजी शरद पर दहेज के लिए श्रुति को मार देने के आरोप लगा रहे थे और माँ दहाड़ें मार-मारकर रो रही थी।

अजय को घबराहट होने लगी। उसने मीनू के पिताजी को बताया कि श्रुति ने शरद को निर्दोष बताया था। वो बेचारे भी बेबस नज़र आ रहे थे। अजय ने उसी दिन वापस जाने की ठान ली। उसकी सखी जा चुकी थी और अब यह जो नाटक हो रहा था, वो उसे बर्दाश्त नहीं कर पा रहा था। जाने से पहले वो श्रुति के पिताजी से मिला और जो श्रुति ने कहा था, वो उन्हें बताया। लेकिन वो शरद को बख़्शने के मूड में नहीं थे।

अजय ने शरद से कहा कि अगर उसे किसी भी मदद की ज़रूरत हो तो वो उससे ज़रूर कहे, और फिर वापस लौट पड़ा। श्रुति की यादें, उसका उधार और उससे किया वादा साथ लेकर।

***

अनुराग दुबे

अनुराग दुबे का जन्म उत्तर प्रदेश के इटावा जिले में हुआ। डॉ. बी. आर. अंबेडकर विश्वविद्यालय (आगरा) से बी.एस.सी. (Hons.) करने के बाद वर्ष 2015 में जामिया मिल्लिया इस्लामिया के एक्टिंग कोर्स में दाखिला लिया। दिल्ली में रहते हुए थिएटर से जुड़कर अलग-अलग निर्देशकों के निर्देशन में कई नाटक किए। रामलीला से लेकर नुक्कड़ नाटक तक हर तरह के अभिनय का आनंद लिया। लेखन में रुचि होने के चलते कविताएँ और लघु कहानियाँ लिखने लगे। दिल्ली में रहते हुए लघु कहानियों के साथ-साथ नाटकों का भी लेखन किया। उसके बाद कदम मुंबई की तरह बढ़ चले। मुंबई आने के बाद शुरुआत में एक प्रोडक्शन हाउस में राइटिंग की इंटर्नशिप की। फिर ब्लॉग भी लिखना शुरू किया। अपने लेखन को एक बड़े वर्ग तक पहुँचाने के लिए कहानियाँ लॉन्चपैड के जरिए ही कहानी 'बात' के प्रकाशन का मौका मिला।

फिलहाल लेखन के साथ मुंबई में एक प्राइवेट लिमिटेड कंपनी में वीडियो प्रेजेंटर (एंकर) की नौकरी कर रहे हैं।

बात

करन धीरे चल रहा है, लेकिन कृतिका तेज़ क़दमों के साथ चलते हुए बार-बार करन से आगे निकल जाती है और फिर करन के लिए रुकती है, "मेहँदी लगी हुई है क्या पैरों में?"

"जी नहीं मैडम, मेरे पैरों में कोई मेहँदी नहीं लगी है, लेकिन लगता है आपके पैर ज़रूर फ़िफ्थ गियर में चल रहे हैं।" करन कृतिका के पास आकर बोलता है।

"तो तुम भी फ़िफ्थ गियर में आ जाओ, क्योंकि कैब आ गई है और अगर दो मिनट में नहीं पहुँचे तो कैब कैंसिल हो जाएगी।"

"तो दूसरी कैब कर लेंगे, आख़िरी कैब तो है नहीं या फिर ऑटो कर लेंगे।"

"दूसरी कैब तो हो जाएगी, लेकिन इस कैब की कैंसिलेशन चार्ज के फोर्टी-टू रूपीज़ कौन देगा?"

"ओह्ह... तो ये बात है, मैडम को फोर्टी-टू रूपीज़ की चिंता है, अरे मैं पे कर दूँगा आपकी कैब के कैंसिलेशन चार्ज।"

"कोई ज़रूरत नहीं है उसकी। वो रही कैब, अब चलो बैठो चल के।" और दोनों कैब में पिछली सीट पर जाकर बैठ जाते हैं।

कृतिका अपना मोबाइल बैग से निकालते हुए करन से पूछती है, "वो साहिल बोल रहा था कि तुम्हें मुझसे कुछ बात करनी है।"

कारण थोड़ा-सा चौंकते हुए कृतिका की तरफ़ देखता है, "नहीं तो, मुझे क्या बात करनी होगी?"

"अच्छा, ठीक है मुझे लगा कुछ इम्पोर्टेंट बात होगी, क्योंकि कल साक्षी भी बोल रही थी कि तुम्हें कुछ बात करनी है मुझसे।"

"अरे ऐसी कोई इम्पोर्टेंट बात नहीं है।"

"मतलब बात तो है।"

"हाँ है, लेकिन..."

"हाँ तो बताओ क्या बात करनी है?"

करन भी अपना मोबाइल निकाल लेता है और मोबाइल में कुछ टाइप करते हुए बोलता है, "अरे, बता दूँगा।"

कृतिका थोड़ा तेज़ आवाज़ में बोलती है, "लेकिन कब? कभी साक्षी बोलती है कि तुम्हें बात करनी है, कभी साहिल बोलता है और तुम कह रहे हो कि कोई बात नहीं करनी!"

करन कृतिका को थोड़ा शांत कराते हुए कहता है, "अरे बात दूँगा अभी यहाँ कैब में नहीं बता सकता, कैब से उतरकर बता दूँगा।"

"हे भगवान, ऐसी क्या बात है!" इतना कहते हुए कृतिका अपने मोबाइल पर व्हॉट्सएप मैसेज चेक करने लगती है और करन भी शांत ही बैठा रहता है।

रास्ते भर शांत रहने के बाद दोनों कैब से उतरते हैं।

कृतिका कैब ड्राइवर को पेमेंट करने के बाद करन को बोलती है, "तुम अपना काम कर आओ, मैं भी अपना काम निपटा कर आती हूँ, यहीं पर मिलते हैं एक घंटे बाद।"

"ठीक है।"

इतना कहकर दोनों वहाँ से चले जाते हैं और लगभग एक घंटे बाद वापस उसी जगह पर आकर मिलते हैं। कृतिका आते ही बोलती है, "यार, चलो पहले कुछ खाते हैं। बड़ी भूख लगी है।"

"हाँ, चलो अपने अड्डे पर चलकर मोमोज़ खाते हैं।"

दोनों वहाँ से मोमोज़ खाने के लिए चले जाते हैं। कृतिका मोमोज़ खाते-खाते करन से बोलती है, "हाँ जी आपकी बात का क्या हुआ?"

"पहले मोमोज़ तो खा लो आराम से।"

कृतिका थोड़ा-सा इरिटेट होकर बोलती है, "अरे यार, हद है, ऐसी क्या

बात है?"

"अरे बात दूँगा।"

दोनों मोमोज़ खाने के बाद मेट्रो स्टेशन की तरफ़ बढ़ने लगते हैं।

कृतिका एक बार फिर करन से वही सवाल करती है।

"हाँ जी मिस्टर करन, आपकी बात बताने का मुहूर्त हुआ कि नहीं?"

"मेट्रो में बताता हूँ।"

"मेट्रो में! लेकिन हम दोनों तो अलग-अलग मेट्रो में जाएँगे न!"

"अरे मैडम जी, राजीव चौक तक तो साथ ही जाएँगे न!"

"पता नहीं कौन से ख़जाने का राज़ छुपा है तुम्हारी बात में।"

कृतिका और करन वहाँ से राजीव चौक मेट्रो पहुँच जाते हैं। कृतिका अपने प्लेटफ़ॉर्म की तरफ़ जाने लगती है और करन से फिर वही सवाल करती है।

"हाँ, तो बात बतानी है या मैं जाऊँ?"

"बतानी तो है, लेकिन..."

"क्या लेकिन, अब क्या हुआ?"

"तुम अभी जाओ, मैं तुम्हें व्हॉट्सएप कर दूँगा।"

"ऐज़ यू विश।"

और दोनों अलग-अलग मेट्रो में चले जाते हैं।

करन मेट्रो में ही अपना मोबाइल निकालकर कृतिका को व्हॉट्सएप मैसेज टाइप कर रहा है। वो एक लंबा-सा मैसेज टाइप करता है, जिसमें कई हिंदी फ़िल्मों के डायलॉग होते हैं, जो अक्सर एक हीरो अपनी हीरोइन को इम्प्रेस करने के लिए बोलता है।

कुछ शायरियाँ और कुछ कविताएँ होती हैं और इस लंबे से मैसेज के एंड में सबसे इम्पोर्टेंट शब्द लिखता है, "आई लाइक यू कृतिका!"

मैसेज सेंड करने के बाद करन बार-बार अपने व्हॉट्सएप पर नज़र डालता है कि कब कृतिका मैसेज रीड करे और कब उसका रिप्लाई आए।

लगभग आधे घंटे बाद मैसेज रीड होता है और उस आधे घंटे के एक घंटे बाद रिप्लाई आता, "ओह, ये बात थी! और कुछ?"

करन के इतने लंबे मैसेज के बदले सिर्फ़ छह शब्द। ये तो ग़लत बात है।

करन ने उसको थोड़ी-थोड़ी देर के अंतराल पर और मैसेज किए, जैसे- "क्या हुआ ?"

"कुछ तो बोलो !"

"अच्छा सॉरी !"

लेकिन कृतिका का कोई रिप्लाई नहीं आया और करन रात के तीन बजे तक अपने व्हॉट्सएप पर ही नज़रें गड़ाए रहा और फिर सो गया।

अगले दिन सुबह करन अपने ऑफ़िस के कैफ़ेटेरिया में साहिल और साक्षी के साथ बैठा है और उसकी नज़रें एंट्री गेट पर ही हैं, क्योंकि दस बजने वाले हैं लेकिन कृतिका अभी तक ऑफ़िस नहीं आई है और कल रात के बाद करन की इतनी हिम्मत तो रही नहीं कि वो कृतिका को कॉल करके पूछ ले।

बहुत इंतज़ार करने के बाद वो अपना मोबाइल निकालकर कृतिका को कॉल करने ही जा रहा होता है, तभी कृतिका आ जाती है और चलते-चलते ही सबको 'गुड मॉर्निंग' बोलती है और कैफ़ेटेरिया में बिना रुके हुए ही ऑफ़िस के अंदर चली जाती है। उसके कुछ मिनट बाद करन, साहिल और साक्षी भी ऑफ़िस के अंदर चले जाते हैं।

ऑफ़िस में 4 घंटे तक दोनों में कोई बात नहीं होती हैं, लंच टाइम में फिर से सब कैफ़ेटेरिया में लंच कर रहे हैं, आपस में बातचीत कर रहे हैं, लेकिन कृतिका और करन कोई बात नहीं कर रहे हैं। कृतिका अपना लंच ख़त्म करके कैफ़ेटेरिया से चली जाती है।

करन भी वहाँ से उठकर जाने लगता है, तभी साहिल उसको रोकते हुए सवाल करता है, "अरे करन ये कृतिका को क्या हुआ है, लगता है तुमने कल उससे बात कर ही ली।"

करन, साहिल की बात का बिना कोई उत्तर दिए वहाँ से चला जाता है।

पूरा दिन गुज़र जाता है, लेकिन करन और कृतिका के बीच कोई बात नहीं होती, और ऑफ़िस ख़त्म होने के बाद ऑफ़िस के गेट निकलते हुए करन कृतिका की तरफ़ झुकी नज़रों से देखते हुए कहता है, "आय एम सॉरी ! कल रात के लिए..."

करन इतना कहकर वहाँ से जाने लगता है, तभी कृतिका उसको पीछे से रोकते हुए बोलती है, "सॉरी किसलिए? और आज तुम ये फ़िफ़्थ गियर में क्यों भाग रहे हो?"

"मतलब?"

"मतलब, इतनी जल्दी में कहाँ जा रहे हो?"

"कहाँ क्या, मेट्रो जा रहा हूँ।"

"आज अकेले?"

"हम तो वैसे भी अलग-अलग मेट्रो लाइन पर जाते हैं।"

"जितना मुझे पता है, शायद हम राजीव चौक तक साथ ही जाते हैं।"

"हाँ, तो चलो।"

अब दोनों एक साथ चल रहे हैं।

"देखो कृतिका आय एम एक्स्ट्रीमली सॉरी! कल रात मैंने जो भी कहा वो नहीं कहना चाहिए था।"

"इट्स ओके करन, ये सब अपने कंट्रोल में नहीं होता है, चलो अपनी चाय टपरी चलकर चाय पीते हैं।"

"चलो।"

दोनों चल देते हैं चाय टपरी की तरफ़। करन चलते-चलते कृतिका से पूछता है, "अच्छा तुम ग़ुस्सा तो नहीं हो कल रात की बात से?"

"इसमें ग़ुस्से की क्या बात है।"

"तो फिर आज पूरा दिन मुझसे बात क्यों नहीं की?"

"क्योंकि तुमने कोशिश नहीं की बात करने की और शायद तुम यही चाह रहे थे कि मैं भी बात ना करूँ।"

"ऐसा नहीं है, बस मुझे लग रहा कि शायद मैंने कल रात को जो भी किया, वो ग़लत किया।"

"क्या ग़लत किया?"

"वही, जो सब व्हॉट्सएप पर तुम्हें बोला।"

"तो उसमें ग़लत क्या था, तुम्हारा मुझे लाइक करना ग़लत था या फिर अपनी फ़ीलिंग्स को उसके साथ शेयर करना, जिसके लिए तुम फ़ील करते

हो?"

"पर शायद अभी सही वक़्त नहीं था।"

चाय की टपरी पर पहुँचकर कृतिका दो चाय के लिए बोलती है और फिर करन की तरफ़ देखते हुए बोलती है, "हाँ, तो तुम कुछ वक़्त की बात कर रहे थे। तो मिस्टर, वक़्त सही या ग़लत नहीं होता, हम उसको सही या ग़लत बनाते हैं। और पता नहीं क्यों हम कभी भी कोई ग़लत डिसीजन लेने से पहले उतना नहीं सोचते हैं, जितना सही डिसीजन लेने से पहले सोचते हैं।"

"आई नो, लेकिन मुझे डर लग रहा था यार।"

"डर, किस चीज़ की?"

"यही कि कहीं मैं तुम्हें खो ना दूँ।"

"वाह! मतलब पाने से पहले खोने का डर। अक्सर यही होता है हमें हमेशा उसी चीज़ के खोने का डर रहता है, जिसको हमने पाया ही नहीं होता है। और खोने के डर से हम कुछ पाने की कोशिश ही ना करें।"

"ऐसा नहीं है।"

"तो फिर कैसा है? देखो, सीधी-सी बात किसी से प्यार करना ग़लत नहीं है और अपनी फ़ीलिंग्स शेयर करना भी ग़लत नहीं है, ग़लत है तो अपना प्यार और फ़ीलिंग्स किसी पर थोपना।"

"मुझे पता है, और मैं बात करना भी चाहता था।"

"तो की क्यों नहीं? बात न करना तो किसी भी चीज़ का सॉल्यूशन हो ही नहीं सकता है। ये बात ही तो है, जो बात को बढ़ाती है, बिगाड़ती है, बनाती है और कभी-कभी बात को ख़त्म भी कर देती है।"

"इतना भारी-भरकम ज्ञान देने का फ़ायदा नहीं है, क्योंकि हर सिचुएशन इतनी आसान नहीं होती है, जितना आपको लगता है मिस कृतिका।"

कृतिका चाय की चुस्की लेते हुए करन से बोलती है, "अच्छा, चलो मान लिया हर चीज़ इतनी आसान नहीं होती, लेकिन हर चीज़ इतनी कठिन भी तो नहीं होती है, जितना हम उसे बना लेते हैं। और प्यार तो ऐसी चीज़ है, जिसे हम बड़ी आसानी से आसान बना सकते हैं। प्यार में कठिनाइयाँ हो सकती हैं, लेकिन प्यार तो बहुत सरल और आसान है, बस हमें उसको तलाशना आना

चाहिए। और वो लाइन नहीं सुनी कि, जब प्यार किया तो डरना क्या..."

"प्यार करना तो आसान है मैडम, लेकिन आपके प्यार को प्यार मिले, ये बहुत मुश्किल है।"

"मुश्किलों से मिली चीज़ की ख़ुशी ज़िंदगी भर रहती है और आसानी से मिली चीज़ की सिर्फ़ कुछ पल रहती है।"

"अच्छा! और कोई चीज़ मुश्किलों से मिले और पल भर में ही दूर होकर ज़िदंगी भर का अफ़सोस दे जाए तो? और सबसे बड़ी बात, जिसने मुझे रोक रखा था..."

"कौन-सी सबसे बड़ी बात?"

"हम बहुत अलग हैं यार... हमारी पसंद और नापसंद बहुत अलग है।"

"अरे, ऐसा कुछ नहीं है। तुम ये लुक्स वगैरह पर मत जाओ अपने, बॉयफ्रेंड कितना भी हैंडसम बना लो, लेकिन शादी किसी से भी कर सकते हो, क्योंकि शादी के बाद तो सब ही चंपू हो जाते हैं।"

"ये मज़ाक की बात नहीं है यार, हम सच में बहुत अलग हैं।"

करन चाय का पेमेंट करता है और फिर दोनों मेट्रो स्टेशन की तरफ़ चलने लगते हैं।

"हाँ तो तुमने बताया नहीं कि हम कैसे अलग हैं?"

"हर तरह से अलग हैं। मतलब तुम चिकन मोमोज़ पसंद करती हो और मैं चिकन देख भी नहीं सकता। तुम्हें रेड वाइन पसंद है और मुझे नींबू शिकंजी। तुम्हें छुट्टी वाले दिन किसी बार या क्लब में जाना पसंद है और मुझे अक्षरधाम जाना पसंद है।"

कृतिका करन की बात काटते हुए बोलती है, "हाँ मुझे हॉलीवुड मूवी पसंद है और तुम्हें बॉलीवुड, और कुछ? हद है यार क्या घटिया लॉजिक दिए हैं ये बताने के लिए कि हम दोनों अलग हैं।"

"इसमें घटिया क्या है?"

"अच्छा! और एक डिफरेंस तो बताना भूल ही गए, सबसे बड़ा डिफरेंस, कि तुम लड़का हो और मैं लड़की।"

"तुम्हें हर चीज़ मज़ाक क्यों लगती है कृतिका?"

"और तुम हर चीज़ को इतना पहाड़-सा क्यों सीरियस बना देते हो? हाँ, मैं नॉनवेज खाती हूँ, पर तुम्हें तो नहीं बोला ना कि तुम भी ट्राय करो? और कब मैंने पीकर तुम्हारे ऊपर उल्टियाँ की हैं? मैं कोई पियक्कड़ नहीं हूँ!"

"तुम ग़लत समझ रही हो।"

"तुम ग़लत बना रहे हो। हर इंसान एक जैसा नहीं होता है, और प्यार के सामने तो ये सारी चीज़ें बहुत छोटी हैं, इनकी कोई वैल्यू ही नहीं है। और जब तक आपकी कोई आदत किसी दूसरे इंसान को नुकसान नहीं पहुँचा रही तो उससे फिर प्रॉब्लम क्या है? मैंने आज तक तुम्हारी किसी आदत के लिए कुछ बोला? नहीं, क्योंकि मुझे उससे कोई प्रॉब्लम नहीं है।"

"मुझे कोई प्रॉब्लम नहीं है।"

"पता है करन प्रॉब्लम क्या है? प्रॉब्लम है हमारे जजमेंटल नेचर की। ये जजमेंटल नेचर ही है जिसकी वजह से हम लोगों को सही से जज नहीं कर पाते।"

"मैं तुम्हें जज नहीं कर रहा था, मैं बस चाहता था कि अगर हमारे बीच में बात आगे बढ़े तो उसमें कोई प्रॉब्लम न आए फ्यूचर में।"

"मैंने तुम्हें पहले भी बोला था कि हर चीज़ का सॉल्यूशन सिर्फ़ बात करना है। और इन छोटे-छोटे डिफ़रेंसेज़ से ही तो लाइफ़ और रिलेशनशिप हैपनिंग बनते हैं। यही डिफ़रेंसेज़ तो छोटी-छोटी ख़ुशियों में बदल जाते हैं और हमें एक-दूसरे के क़रीब लाते हैं।"

"शायद तुम ठीक ही कह रही हो। मेरी ही ग़लती है मैं ही प्यार में प्यार से ज़्यादा इम्पोर्टेंस दूसरी चीज़ों को दे रहा था, जहाँ प्यार है, वहाँ सिर्फ़ प्यार ही सबसे इम्पोर्टेंट होना चाहिए।"

"जी मिस्टर करन। और यार बॉलीवुड फ़िल्मों के दीवाने और शाहरुख़ ख़ान के फैन होने के बाद भी तुम इतना नहीं समझ पाए? प्यार करना बहुत ज़रूरी है और प्यार जताना भी और सबसे ज़्यादा ज़रूरी है प्यार निभाना। और हाँ, प्यार में न डर का शाहरुख़ बनना चाहिए और ना ही देवदास का शाहरुख़, क्योंकि यार दोनों ही फ़िल्मों में प्यार करने वाले को ज़िंदगी हारनी पड़ती है, लेकिन प्यार तो ज़िदंगी बनाता है, ज़िदंगी को सँवारता है।"

"तालियाँ बजाने का मन कर रहा है आज आपके लिए, मतलब लगता नहीं था कि आप इतना अच्छी बातें कर सकती हैं, इतने अच्छे से बातों को समझा सकती हैं।"

"क्योंकि आप थोड़े से जजमेंटल हो जाते हैं मिस्टर करन, बाक़ी कुछ दिन बिताएँ आप हमारे साथ, तब पता चलेगा आपको कि हम क्या चीज़ हैं, ज्ञान का खज़ाना हैं हम।"

"जी बिल्कुल बिताएँगे आपके साथ वक़्त, अगर आप मौक़ा देंगी तो।"

"अगर आप मौक़ा माँगेंगे तो ज़रूर मिलेगा।"

"अभी चलें लेट हो गया है बहुत, घर नहीं जाना है?"

दोनों मेट्रो स्टेशन में एंटर हो जाते हैं और अपने-अपने प्लेटफ़ॉर्म की तरफ़ जाने लगते हैं। करन जाते हुए कृतिका से पूछता है, "आप ने कल रात के मैसेज का उत्तर नहीं दिया वैसे अब तक।"

"दे दूँगी, वैसे कुछ उत्तर अपने आप मिल जाते हैं।"

"ओके, इंतज़ार रहेगा उत्तर का।"

करन जाने लगता है, तभी कृतिका उसको रोकते हुए बोलती है, "नींबू शिकंजी पीने चलें?"

"अच्छा जी! आज सर्दी थोड़ी-सी ज़्यादा है तो रेड वाइन पीना ज़्यादा अच्छा रहेगा।"

"इतनी जल्दी चेंज, वाह! सही है करन बाबू।"

"ये संगत का असर है मैडम।"

"चलो अब तुम घर जाओ, नहीं तो संगत में बिगड़ जाओगे एक ही दिन में।"

"चलो बाय!"

"उत्तर नहीं सुनोगे?"

"सुनाइए।"

"शादी करोगे मुझसे?"

"क्या? सीधे शादी!"

"हाँ, अब तुम्हारी उम्र तो रही नहीं गर्लफ्रेंड बनाने की, अब तो शादी

की उम्र है।"

"और आपकी उम्र है बॉयफ्रेंड बनाने की।"

"कोई शक, मैं तो अभी भी स्वीट सिक्सटीन ही हूँ।"

"अच्छा जी, चलो कोई नहीं, अब जब हाँ कर ही दी है आपने तो फिर इस ओवरएज लड़के से ही काम चलाना पड़ेगा।"

"सही बात है। चलो बाय! नहीं तो लास्ट मेट्रो भी मिस हो जाएगी।"

"बाय एंड टेक केयर!"

दोनों अपने-अपने प्लेटफ़ॉर्म की तरफ़ बढ़ जाते हैं। ज़िंदगी की एक नई ट्रेन पर एक हसीन सफ़र की सैर के लिए, जिसका हर रास्ता भी प्यार है और मंज़िल भी प्यार ही है। और सौ बात की एक बात कि प्यार करो, प्यार जताओ, प्यार निभाओ और हाँ यार बात ज़रूर करो, क्योंकि बात ही है जो आपकी बात बना सकती है।

***

डॉ. गौरव यादव

डॉ. गौरव यादव मध्य प्रदेश के रीवा जिले के रहने वाले हैं। पाँच सालों तक एक शोधकर्ता के तौर पर कार्य करने के बाद इन्होंने हाल ही में बायोटेक्नोलॉजी में पीएचडी की डिग्री अर्जित की है। ये कविताएँ एवं कहानियाँ लिखने का शौक रखते हैं। इनकी रचनाएँ विभिन्न पत्र-पत्रिकाओं जैसे स्टार समाचार, राजस्थान पत्रिका, देशबंधु, कादम्बिनी आदि में प्रकाशित हो चुकी है। इन्होंने juggernaut की तरफ से आयोजित हिंदी लघुकथा लेखन प्रतियोगिता भी जीती है। इनकी पहली लघुकथा 'इश्क़ by mistake' अमेज़न किंडल पर उपलब्ध है। डॉ. गौरव अपनी रचनाओं के साथ www.igauravyadav.blogspot.com नाम से ब्लॉग पर भी सक्रिय हैं।

संपर्क सूत्र-
Facebook : gaurav.yadav17
Email : gky1330@gmail.com
Whatsapp : 9981828474

इश्क़ सफ़र

रात के क़रीब 8 बज रहे थे। आकांक्षा को अब तक यक़ीन नहीं आ रहा था कि उसने इतनी बड़ी लापरवाही कैसे कर दी थी। कम-से-कम अगर एक बार उसने अपना ईमेल चेक किया होता तो उसे इस तरह से सबकी डाँट न पड़ी होती। उसने जाने वाली तारीख़ का रिज़र्वेशन करा रखा था और परीक्षा की तारीख भी तय ही थी तो बार बार डेट देखने का कोई मतलब भी तो नहीं था, लेकिन अगर उसकी सहेली ने फ़ोन करके ये न बताया होता कि परीक्षा की डेट निर्धारित तिथि से पहले कर दी गई है तो शायद ये बात आकांक्षा को परीक्षा के बाद ही पता चलती। फ़ोन रखते ही उसने आनन-फानन में लखनऊ यूनिवर्सिटी की वेबसाइट खोली थी और नोटिफिकेशन देखकर कि आने वाले चुनाव की वजह से परीक्षा एक हफ़्ते पहले की जा रही है, आकांक्षा के होश उड़ गए थे। परीक्षा की नई डेट 17 जून थी और आज 16 जून है। यानी की आकांक्षा को सुबह 9 बजे लखनऊ पहुँचना था। अब न तो ट्रेन में रिजर्वेशन मिलना था और न ही कोई और तरीक़ा था इतने कम वक़्त में भदोही से लखनऊ पहुँचने का। उसने अपने पापा को इलाहाबाद फ़ोन किया। आकांक्षा के पापा और भाई इलाहाबाद में रहते थे और वहीं बिज़नेस करते थे। आकांक्षा अपनी मम्मी के साथ भदोही में ही रहती थी। उसने बनारस विश्वविद्यालय से पढ़ाई की थी और अब मास्टर्स के लिए लखनऊ जाना चाहती थी। उसी की प्रवेश परीक्षा कल सुबह यानी की 17 जून को होनी थी। इसकी तैयारी आकांक्षा पिछले कई महीनों से कर रही थी, लेकिन अब शायद उसकी सारी मेहनत पे पानी फिर जाने वाला था। उसने लगभग रोते हुए अपने पापा को

सारी बात बताई।

"अरे तो इसमें रोने वाली क्या बात, अभी एक बस होगी लखनऊ के लिए उसमें चली जाओ, सुबह तक आराम से पहुँच जाओगी।" पापा ने उसे रोते हुए सुनकर कहा था।

पापा की बात सुनकर आकांक्षा ने रोना बंद कर दिया। उसे यक़ीन नहीं आ रहा था कि सच में वो अब भी परीक्षा में शामिल हो सकती है।

"वैसे परीक्षा है कितने बजे से?" पापा ने उसके चुप होते ही पूछा था।

"सुबह 9 बजे से।"

"हाँ तब तो आराम से पहुँच जाओगी, बस का पहुँचने का टाइम 7 बजे का है। अब जल्दी से तैयारी कर लो, मैं ऋषि को फ़ोन कर देता हूँ वो टिकट ले लेगा।" पापा ने आकांक्षा के जवाब को सुनकर कहा था। ऋषि, आकांक्षा के रिश्ते का भाई था, जिसकी बस स्टैंड के नज़दीक ही हार्डवेयर की दुकान थी।

फ़ोन रखते ही आकांक्षा ने लखनऊ जाने की तैयारी शुरू कर दी थी। उसने खाना भी नहीं खाया और एक टिफ़िन में पैक कर लिया। बाक़ी ज़रूरत का सामान एक छोटे बैग में रखा और स्कूटर लेकर बस स्टैंड के लिए भाग पड़ी थी। उसके घर से बस स्टैंड की दूरी क़रीब 10 किलोमीटर थी और वो नहीं चाहती थी कि एक बार फिर मिले इस गोल्डन मौके को गँवा दे।

9:30 के क़रीब वो ऋषि की दुकान पर थी। उसने अपना स्कूटर दुकान में ही छोड़ा और फिर ऋषि से टिकट लेकर बस में आ गई। बस की सीट पर बैठते ही उसे सुकून का एहसास हुआ था। उसकी एक बार फिर से लखनऊ यूनिवर्सिटी से पढ़ाई करने की तमन्ना पूरी होने वाली थी।

10 बजते ही बस चल पड़ी थी। अपने जीवन में आज पहली बार आकांक्षा रात में अकेले सफ़र पर थी। कई सपनों में से रात में अकेले सफ़र करना भी उसका एक सपना था। वैसे तो ये मौक़ा उसे मिलने वाला था नहीं, लेकिन कम-से-कम उसकी लापरवाही की वजह से उसका ये सपना पूरा हो गया था।

उसने हेडफ़ोन निकाल एक रोमांटिक गाना लगा लिया और रास्ते में

पड़ने वाली बंद दुकानों, दुकानों के बाहर लाइट से जगमगाते बोर्ड, सड़क के किनारे ठेलों में व्यापार करने वाले लोग जो न सिर्फ़ अपना सामान बल्कि अपने सपने भी ठेलो में रखकर वापस घर को चल पड़े थे, को देखती जा रही थी। दिन की गर्मी की तपन हवाओं में अब भी मौजूद थी।

अब तक बाक़ी सब तो ठीक था, सिवाय बस की हालत के। खिड़कियों के जाम हो चुके शीशे, फटे हुए रंग-बिरंगे सीट कवर्स, मैल से काले पड़े पिलर्स और सबसे बुरी उन सीट कवर्स और पिलर्स से आने वाली अजीब-सी महक।

वो ऐसी बदबू थी कि किसी रोज़ सफ़र करने वाले को भी उल्टी आ जाए और आकांक्षा को तो वैसे भी बस में उल्टी की शिकायत थी। बदबू से बचने के लिए उसने एक कपडा चेहरे में बाँध रखा था और घर से निकलते टाइम लौंग और उल्टी रोकने की गोली भी रख ली थी।

बस को चले एक घंटा ही हुआ था कि बस एक ढाबे पे रुक गई। कंडक्टर ने बताया कि बस कुछ देर इस ढाबे पर ठहरेगी, जिसको भी पानी वानी पीना है, पी ले। उसके बाद बस सीधे लखनऊ में ही रुकेगी। आधे से ज़्यादा लोग बस से उतर ढाबे पे पहुँच गए थे। आकांक्षा के पास पानी की भरी बोतल थी और वैसे भी उसे पानी पीना नहीं था, वरना उसे और भी ज़्यादा उलटी आती थी। वो चुपचाप अपनी सीट पर बैठी बाक़ी के लोगों को खाते पीते खिड़की से देख रही थी। फिर उसे याद आया कि उसे प्यास भले न लगे, लेकिन बाथरूम ज़रूर उसे एक बार हो आना चाहिए। इसके बाद फिर सुबह ही बाथरूम जाने का मौक़ा मिलेगा। उसने आसपास नज़रें दौड़कर कंडक्टर को देखा। वो नज़दीक ही गले में बैग लटकाए चाय के प्याले के साथ व्यस्त था।

"भईया यहाँ बाथरूम कहाँ पर होगा?" उसने कंडक्टर के पास जाकर पूछा था।

"यहीं पीछे साइड में है।" कंडक्टर ने उसे बताते हुए हाथ को उस दिशा में उठा लिया था।

"अच्छा ठीक है मैं 5 मिनट में आती हूँ आप जाइएगा नहीं।" उसने

कहा और जवाब का इंतज़ार करने लगी, लेकिन जब कंडक्टर ने कोई उत्तर नहीं दिया तो उसने बताए हुए रास्ते की तरफ़ चलना शुरू कर दिया था। उसे डर था कि कहीं बस वाला उसे छोड़कर चला न जाए। उसने आधे रास्ते से एक बार पलटकर कंडक्टर को देखा था। वो उसी तरह खड़ा अब भी अपनी चाय में व्यस्त था।

पीछे जाने पर दो छोटे बाथरूम थे। एक में महिला और दूसरे में पुरुष लिखा था। उसने महिला वाले दरवाज़े को खोलने की कोशिश की। दरवाज़ा अंदर से बंद था। वो कुछ दूर खड़े होकर इंतज़ार करने लगी और इसके पहले कि दरवाज़ा खुले, वो अंदर जाए, एक जवान लड़का आकर उसके आगे महिला बाथरूम के सामने खड़ा हो गया था।

"Hello, ये women's toilet है, आप बग़ल में जाइए न।" उसने तेज़ी से लड़के को आवाज़ देकर कहा था।

लड़के ने पलटकर उसे ऊपर से नीचे तक निहारा और फिर बिना कोई जवाब दिए बग़ल के दरवाज़े पे चला गया।

बाथरूम से आकांक्षा भागती हुई वापस आई थी। उसे लगा था बस कहीं चली न गई हो, लेकिन बस बिलकुल वैसे ही खड़ी थी। कंडक्टर ने अब तक अपनी चाय भी नहीं ख़त्म की थी। आकांक्षा वापस आकर अपनी सीट पर बैठ गई।

वो लड़का जो कुछ देर पहले आकांक्षा को बाथरूम के पास मिला था, ढाबे में एक खाट पर बैठा कुछ खा रहा था। उसे देखते ही आकांक्षा ने सोचा कि देखने में तो पढ़ा लिखा लग रहा है, लेकिन जान-बूझकर women's toilet में घुसा जा रहा था।

कुछ देर में सब बस में वापस आ गए। कंडक्टर ने जाने की घंटी कर दी थी, लेकिन वो लड़का अब भी ढाबे के काउंटर पे खड़ा पैसे ही दे रहा था। आकांक्षा को लगा कि या तो वो बस में है ही नहीं या फिर उसे बस के जाने का एहसास ही नहीं हुआ था। उसे लगा वो कंडक्टर से कहे कि एक सवारी रह गई है, लेकिन फिर लगा अगर वो लड़का इस बस का नहीं हुआ तो। बस चलने ही वाली थी कि आराम से मस्त-मौला चाल में चलते हुए वो लड़का

बस की तरफ़ बढ़ने लगा। नीले रंग की जीन पैंट, सफ़ेद रंग की शर्ट, क़रीब 5 फिट 11 इंच की लंबाई। उसे इस तरह आते देख आकांक्षा की धड़कनें बढ़ने लगी थीं, लेकिन उसे तो जैसे कोई डर कोई परवाह थी ही नहीं। बस के चलने से पहले वो आराम से बस के अंदर आ गया था। खैर, एक बार बस फिर से चल पड़ी थी और अब सुबह लखनऊ में होनी थी।

जल्द ही ठंडी हवा के झोकों ने आकांक्षा को सुला दिया था। कुछ घंटों बाद खटपट की आवाज़ के साथ उसकी नींद खुली थी। उसने देखा बस पूरी तरह से ख़ाली थी। उसे लगा वो कोई सपना देख रही है, लेकिन अगली आवाज़ ने फिर उसे आकर्षित किया था। उसका ध्यान खिड़की से बाहर गया। बस की पूरी सवारी बस के नीचे थी। कोई रोड में ही बैठ गया था तो कोई अपने दुपट्टे से बच्चे को हवा कर रहा था। कुछ लड़के रोड से नीचे खेत तक उतर गए थे। उसे समझ नहीं आया कि हुआ क्या है ? उसने नज़र मोबाइल में डाली। रात के डेढ़ बज रहे थे। अपना बैग हाथ में थामे वो बस से नीचे उतर आई। बस का कंडक्टर और ड्राइवर पिछले पहिये के पास खड़े थे।

"भईया क्या हुआ ?" उसने एक बार फिर कंडक्टर से जाकर पूछा था।

"टायर पंचर हो गया है।" कंडक्टर ने जैक पर टिकी हुई बस के किनारे खड़े हुए बताया।

"टायर पंचर, लेकिन इतनी रात में अचानक कैसे ?"

"वो क्या है कि टायर को पता नहीं था कि रात हो चुकी है।"

"भईया मैं आप से ढंग से बात कर रही हूँ और आप ऐसे जवाब दे रहे हैं !"

"तो और क्या कहूँ, टायर के पंचर होने का कोई समय होता है क्या ?"

"अरे मेरा मतलब था आपके पास एक्स्ट्रा पहिया होगा न, उसे लगाइए, सुबह 9 बजे से मेरी लखनऊ यूनिवर्सिटी में परीक्षा है, अगर मैं टाइम पर नहीं पहुँची तो मेरा साल बर्बाद हो जाएगा।"

"एक्स्ट्रा पहिया भी पंचर है, लेकिन आप फ़िक्र मत करो, क्लीनर गया है टायर लेकर आता ही होगा, जल्द ही बस बन जाएगी।"

कंडक्टर का जवाब सुन आकांक्षा पलटकर वापस बस में जाने लगी।

उसने देखा वो लड़का Milestone वाले काले-पीले पत्थर पर, जो एक तरफ़ से उखड़ा हुआ था, चढ़कर बैठा था। वो आकांक्षा की तरफ़ ही देख रहा था। उससे नज़रें मिलते ही आकांक्षा ने चेहरा दूसरी तरफ़ फेर लिया और अपनी सीट पर लौट आई थी। बीच बीच में उसकी नज़र उस लड़के पर चली ही जाती। वो दीन-दुनिया से बेख़बर आराम से पत्थर पर बैठा था। क़रीब 45 मिनट बाद बस बन गई और सफ़र एक बार फिर से शुरू हो गया था।

बस को चले अभी आधा घंटा भी नहीं बीता कि बस एक बार फिर बीचे रास्ते रुक गई। कंडक्टर ने बताया कि बस का इंजन गरम पड़ गया है और पानी डालना पड़ेगा।

एक बार फिर सब नीचे आ गए थे। आकांक्षा से इस बार ग़ुस्सा नहीं रोका गया।

"भईया सच सच बताइए आपकी बस इस महीने लखनऊ पहुँच तो जाएगी न।" उसने जाकर कंडक्टर पे अपनी नाराज़गी जताई थी।

"मैडम आप तो ऐसे कह रही हैं, जैसे मुझे बहुत मज़ा आ रहा है ये सब करके।"

"आपका तो पता नहीं, लेकिन मुझे बहुत मज़ा आ रहा है ये सोचकर कि इस जन्म के मेरे पापों की सज़ा मुझे आपके बस में सफ़र करके मिली जा रही है, अब सारे पाप धुल जाएँगे। ये बताइए हम 7 बजे लखनऊ पहुँच तो जाएँगे न?"

"हाँ हाँ पहुँच जाएँगे, जाइए आप सोइए।" कंडक्टर ने ताना मारने के लहज़े में जवाब दिया था।

किसी तरह बस फिर से चल पड़ी। रात के 3 बज चुके थे और अभी तक बस ने एक चौथाई सफ़र भी नहीं तय किया था।

एक बार फिर आकांक्षा की नींद लग गई थी इस आशा के साथ कि काश अब और कोई परेशानी न हो उसके लखनऊ पहुँचने में।

वो गहरी नींद में थी, जब किसी ने उसे थपथपा कर जगाया था। उसने आँखें खोलीं। वही लड़का आकांक्षा की सीट के ठीक बग़ल में खड़ा उसके कंधे को ज़ोर ज़ोर से थपथपा रहा था।

“जल्दी नीचे आओ।” आकांक्षा के आँखें खोलते ही उसने कहा था।

आकांक्षा ने देखा उसने आकांक्षा का बैग भी अपने कंधे पर टाँग रखा था।

“हुआ क्या, और तुमने मेरा बैग क्यों लिया है?” उसने पूरे अधिकार से पूछा, लेकिन असलियत में वो थोड़ा डरी हुई थी।

“ये सब बाद में बताता हूँ, पहले नीचे आओ।” कहते हुए वो लड़का बस से बाहर जाने को चल पड़ा।

आकांक्षा जाना तो नहीं चाहती थी, लेकिन उसका बैग लड़के के पास था, इस वजह से उसे नीचे जाना ही पड़ा। उसने देखा बस फिर से रुकी हुई थी और ज़्यादातर मुसाफ़िर बस के नीचे थे। सुबह भी होनी शुरू हो चुकी थी। आसमान में सूरज की लालिमा फैली हुई थी।

आकांक्षा बस से नीचे आई। वो लड़का एक ऑटो से सिर निकाले उसके आने के इंतज़ार में था। बाक़ी 2-3 और भी ऑटो रिक्शा सवारी भरने में लगे हुए थे।

“अरे यार जल्दी आओ न।” आकांक्षा को यहाँ-वहाँ देखता देखकर उस लड़के ने ज़ोर से पुकारा था। उसकी आवाज़ में विनती से ज़्यादा आदेश था।

आकांक्षा के ऑटो के क़रीब जाते ही उसने लगभग धकेलते हुए उसे अंदर बिठाया और ख़ुद उसके बग़ल में बैठ गया। दोनों के बैठते ही ऑटो चल पड़ा था।

“एक मिनट, ये सब हो क्या रहा है और हम इस तरह बस छोड़कर जा कहाँ रहे हैं?”

“लखनऊ।” लड़के ने जवाब दिया।

“हाँ, लेकिन बस से क्यों नहीं, मेरे पास बस का लखनऊ तक का टिकट है।”

“अरे यार तुम कुछ देर चुप रहोगी, तुम्हें लखनऊ यूनिवर्सिटी ही जाना है न तो मैं तुमको वहाँ पहुँचा दूँगा, बस कुछ देर चुप बैठो।” लड़के ने एक बार फिर आदेशात्मक लहज़े में कहा था।

उसकी आवाज़ सुनकर आकांक्षा चुप हो गई। उसने नज़र मोबाइल में

डाली। सुबह के 7 बज चुके थे।

"Oh God, 7 बज गए! मेरा एग्ज़ाम, मेरा एग्ज़ाम है 9 बजे से।"

"चलो तुम्हें याद तो आ गया एग्ज़ाम का, मुझे तो लगा था तुम नींद पूरी करके ही एग्ज़ाम देने जाओगी।" लड़के ने तंज़ कसते हुए जवाब दिया और फिर कहा।

"तुम्हें पता है हम अभी कहाँ हैं, लखनऊ से 40 किलोमीटर दूर। बस पिछले आधे घंटे से बंद पड़ी है और अब शुरू भी नहीं होने वाली। जब तक तुम सोकर जागती, एग्ज़ाम का रिज़ल्ट भी आ गया होता। इसलिए मैंने तुम्हें इस तरीक़े से जगाया और बिना पूछे बैग लेकर आ गया।"

"अच्छा वैसे हम पहुँच तो जाएँगे न?"

"उम्मीद तो है, बस तुम कुछ देर चुप रहो तो शायद जल्दी हो जाए।"

लड़के ने सामने रोड पर नज़रें गड़ाए हुए कहा था। वो लगातार ऑटो वाले को तेज़ चलाने कह रहा था और टाइम पर ध्यान बनाए हुए था।

9 बजने में सिर्फ़ 5 मिनट बाक़ी थे, जब आकांक्षा यूनिवर्सिटी पहुँची। उसकी धड़कनें डर से बढ़ी हुई थीं।

"अब जाओ जल्दी।" लड़के ने यूनिवर्सिटी के बाहर पहुँचते ही कहा।

"लेकिन मेरा बैग।" आकांक्षा ने चिंतित होते हुए पूछा।

"वो सब भूल जाओ और ये एडमिट कार्ड लेकर भागो, बस 2 मिनट बचे हैं।" लड़के के इतना कहते ही आकांक्षा एग्ज़ाम हॉल की तरफ़ भाग पड़ी थी।

एग्ज़ाम बहुत अच्छा गया था। आकांक्षा की इतने दिनों की मेहनत बेकार नहीं गई थी और उसे पूरी उम्मीद थी कि उसका selection हो जाएगा। एग्ज़ाम छूटते ही भीड़ के साथ वो भी बाहर आई थी। जल्द ही भीड़ छँट गई, लेकिन आकांक्षा गेट के पास ही खोई हुई-सी खड़ी थी। उसे समझ ही नहीं आ रहा था कि वो किधर जाए। उसने एग्ज़ाम छूटने के डर से अपना सामान उस अनजान लड़के को दे दिया था, लेकिन अब वो कहीं नहीं था। उसका नाम भी तो नहीं पता था आकांक्षा को। किसी से पूछे भी तो क्या पूछे। सिवाय एक एडमिट कार्ड के कुछ नहीं बचा था उसके पास। उसका मोबाइल, पैसे,

स्कार्फ़, पानी की बोतल, सब तो उस बैग में था और बैग उस लड़के के पास। उसे यक़ीन हो गया कि मदद करने के बहाने वो लड़का उसका सब सामान लेकर जा चुका है। उसे तो पहले ही समझ जाना चाहिए था, जब उसने बिना कहे उसकी मदद की थी और फिर बहाने से उसका सारा सामान ले लिया था।

उसे समझ नहीं आ रहा था कि वो घर कैसे जाएगी। अगर पापा को कॉल करती है तो इतनी दूर से पापा भी क्या करेंगे। फिर सोचा एक बार अपने नंबर पर कॉल करके चेक करेगी। उसे उम्मीद थी कि नंबर बंद होगा, लेकिन कम-से-कम एक बार वो चेक तो कर ही सकती थी। उसने सोचा कि वो किसी दुकान वाले से अपनी परेशानी कहेगी, हो सकता है कोई उसे एक कॉल कर लेने दे। सोचते ही उसने एग्ज़ाम सेंटर के सामने एक छोटे कैफ़े नुमा दुकान की तरफ़ चलना शुरू कर दिया।

अभी वो दुकान वाले से अपनी परेशानी कहने ही वाली थी कि देखा वो लड़का दुकान के अंदर आराम से बैठा चाय में बिस्कुट डुबा-डुबा के खा रहा था। आकांक्षा को समझ नहीं आया कि वो इस बात के लिए ग़ुस्सा करे या ख़ुश हो जाए।

अपना बैग उसकी बग़ल की कुर्सी पर रखा देख वो सब भूल गई और जल्दी से उसके क़रीब पहुँच गई।

"आ गई तुम, बैठो। चाय पियोगी? और कैसा था पेपर?" आकांक्षा को देखते ही उस लड़के ने पूछा था।

"अच्छा था।" कहकर आकांक्षा नज़दीक की कुर्सी पर बैठ गई।

"चाय, चाय पियोगी, छोटू एक चाय दीदी को दे।" बिना आकांक्षा का जवाब सुने उसने दुकान वाले से चाय के लिए कह दिया था।

आकांक्षा ने अपना बैग खोलकर देखना शुरू किया। उसका मोबाइल और पैसे बैग में नहीं थे और इसके पहले कि वो इनके बारे में उससे पूछे, लड़के ने अपने पैंट की बैक पॉकेट से उसका मोबाइल और पैसे निकाल सामने टेबल पर रख दिए।

"तुम्हारा मोबाइल और पैसे, गिन लो पूरे 3150 हैं। हाँ वो 5 का एक सिक्का कम है, मेरे पास खुल्ला नहीं था तो मैंने खर्च कर दिया।"

"ओके, लेकिन बैग में तो 3 हज़ार ही थे, फिर ये एक्स्ट्रा 150 कहाँ से आए?" आकांक्षा ने अपना सामान उठाते हुए पूछा।

"अरे बस बिगड़ गई थी न तो मैंने कंडक्टर से अपने टिकट के 150 और तुम्हारे टिकट के 150 ले लिए थे। जब उसने हमें मंज़िल तक पहुँचाया ही नहीं तो किराया किस बात का!" लड़के ने बताया। अब तक आकांक्षा की चाय आ गई थी।

"Ok, and thank you so much! लेकिन अब तो बता दो कि तुम्हें कैसे पता चला कि मैं एग्ज़ाम के लिए यहाँ आ रही हूँ और फिर तुमने मेरी मदद क्यों की?"

"हम्म! जब तुम कंडक्टर से कह रही थी अपने एग्ज़ाम के बारे में, तो मैं नज़दीक ही बैठा सब सुन रहा था। बस वहीं से पता चला और रही बात मदद की तो मुझे भी यहीं नज़दीक कुछ काम था। सुबह बस ख़राब हुई तो मैं समझ गया कि अब तुम पहुँच नहीं पाओगी और फिर जब ऑटो वाले बस ख़राब देखकर सवारी लेने आ गए तो मैंने एक से हम दोनों को यूनिवर्सिटी पहुँचाने की बात कर ली थी और फिर तुम्हें जगाया।"

"Oh, वैसे काम हो गया तुम्हारा या फिर मेरी वजह से अब तक यहीं बैठे हो।"

"नहीं काम तो हो गया, तुम्हें छोड़ने के बाद ही चला गया था, अभी ही तो वापस आया हूँ और तुम्हारा बैग यहीं छोड़ गया था, इसलिए पैसे और मोबाइल निकाल लिया था कि कहीं कोई चोरी न कर ले। वैसे अब वापस चलें या फिर रुकना है तुम्हें?"

"नहीं रुकना तो नहीं है, वापस ही जाना है, बस तुम 10 मिनट रुकोगे मैं वाशरूम होकर आती हूँ। कल रात के बाद जा नहीं पाई।"

"हाँ ज़रूर, मैं यहीं हूँ तुम फ्रेश हो लो फिर चलते हैं।"

आकांक्षा जल्द ही फ्रेश होकर वापस आ गई थी। दोनों ने बस स्टैंड आकर नज़दीक एक होटल में खाना खाया और फिर 2:30 के क़रीब भदोही का टिकट लेकर बस में आ गए थे।

"Hey, I'm sorry, मैंने अब तक तुम्हारा नाम भी नहीं पूछा।" बस

में बैठने के कुछ देर बाद आकांक्षा ने कहा था।

"It's OK, मेरा नाम अभिसार है।"

"Nice name, मेरा नाम आकांक्षा है, वैसे अभिसार तुम भदोही के ही हो?"

"No, I'm from मिर्ज़ापुर, अभी कुछ दिन पहले ही ट्रांसपोर्ट का काम शुरू किया है तो उसी के लिए भदोही आना पड़ा था और फिर अचानक से लखनऊ का काम निकल आया तो सीधे लखनऊ आ गया था। वैसे अब तो काम की वजह से भदोही आना-जाना लगा ही रहेगा और फिर मिर्ज़ापुर और भदोही की दूरी ही कितनी है।" अभिसार ने बताया और पूछा कि वह भदोही में कहाँ रहती है?

आकांक्षा ने अभिसार को अपने घर के बारे में, अपनी पढ़ाई के बारे में, अपने पापा और भाई के बिज़नेस के बारे में सब बताया। अभिसार ने बताया कि उसने भी अभी ही पढ़ाई ख़त्म की है और अब ख़ुद का काम शुरू किया है।

"वैसे एक और बात के लिए सॉरी, जब मैंने तुम्हें लेडीज टॉयलेट में जाते देखा था तो मैंने तुम्हें बहुत बुरा टाइप का लड़का समझा था, I'm really sorry और मुझे सच में लगा नहीं था कि ऐसा लड़का किसी लड़की की help करेगा।"

"अरे कोई बात नहीं, वैसे भी तुम्हारी ग़लती नहीं है, तुम शायद ऐसे ढाबों पर गई नहीं हो, इसलिए तुम्हें वो देखकर अटपटा लगा, लेकिन ढाबे पर सिर्फ़ नाम के लेडीज-जेंट्स होते हैं, असल में कोई कहीं भी चला जाता है। हम तो ट्रांसपोर्ट वाले हैं, सब चीज़ों के आदी हो गए हैं। और रही बात मदद की तो मेरी माँ कहती हैं कि जो लड़के, लड़कियों की मदद करते हैं, उनकी इज़्ज़त करते हैं, दुनिया उन्हें इज़्ज़त देती है। तो वैसे देखा जाए तो मैंने ये सब अपने लिए ही किया है।"

अभिसार की बातें सुनकर आकांक्षा बहुत इम्प्रेस हुई थी। अभिसार न सिर्फ़ चेहरे से, बल्कि दिल से एक ख़ूबसूरत पुरुष था। उसने वाकई में आज आकांक्षा की मदद करके इज़्ज़त कमा ली थी, न सिर्फ़ आकांक्षा की नज़रों

में बल्कि उन सब की नज़रों में, जिनसे आज के बाद आकांक्षा मिलेगी और उनसे अभिसार के बारे में बताएगी।

शाम 7 बजे तक भदोही नज़दीक आने लगा था। जब अभिसार ने पूछा कि घर कैसे जाओगी, तब आकांक्षा ने बताया कि उसके भाई की बस स्टैंड में दुकान है, उसके साथ ही चली जाएगी।

8 बजे बस भदोही में थी। आकांक्षा ने अभिसार को bye कहा और नीचे आ गई। उसके नीचे आते ही बस आगे बढ़ गई थी। आकांक्षा ने पलटकर देखा। अभिसार बस की खिड़की से उसे ही देख रहा था।

घर आते ही आकांक्षा को अफ़सोस हो रहा था कि उसने अभिसार का नंबर तक नहीं लिया। क्या पता उससे दोबारा मिलने का मौक़ा उसे मिलेगा या नहीं।

अगले दिन भी उसे अभिसार की याद आती रही थी। शाम उसने बैग ख़ाली करना शुरू किया तो एक पेपर उसके बैग के ऊपरी पॉकेट से निकलकर बिस्तर में गिर गया था। ये पेपर उसका नहीं था। लिखावट अनजान थी। उसने लेटर पढ़ना शुरू किया।

"Hello, Miss भदोही!

जब मैं ये लेटर लिख रहा हूँ तो मुझे तुम्हारा नाम नहीं पता है, इसलिए मिस भदोही लिखना पड़ा। वैसे मेरा नाम अभिसार है। मैं मिर्ज़ापुर से हूँ और हाल ही में अपनी पढ़ाई पूरी करके नया काम शुरू किया है। तुम्हें पहली बार भदोही बस स्टैंड में देखा था और तुम मुझे पहली नज़र में ही पसंद आ गई थी। सोचा नहीं था कि तुम्हारे साथ वक़्त बिताने का मौक़ा मिलेगा, तुम्हारे क़रीब आने का मौक़ा मिलेगा, लेकिन जब तुम्हें परेशान देखा तो ख़ुद को रोक नहीं पाया। पता नहीं हम साथ में वापस जाएँगे या नहीं या फिर तुम्हारा नाम जानने का मौक़ा मुझे मिलेगा या नहीं, इसलिए ये लेटर लिख रहा हूँ।

वैसे बता दूँ कि तुम्हारे मोबाइल का लॉक गेस करना बहुत आसान था, और अगर चाहता तो तुम्हारा नंबर ले सकता था, लेकिन मैंने ऐसा किया नहीं है, बल्कि अपना नंबर तुम्हारे मोबाइल में अभिसार नाम से सेव कर दिया है और तुम्हारे वापस आने का यहीं बाहर कैफ़े में इंतज़ार कर रहा हूँ। अगर मेरी

बातें और मैं तुम्हें ठीक-ठाक लगे हों तो कॉल करना।

तुम्हारे फ़ोन का इंतज़ार रहेगा मिस भदोही।

अभिसार।"

उस लेटर को पढ़ते ही आकांक्षा ख़ुशी से झूम उठी थी और कुछ देर बाद आकांक्षा का नंबर अभिसार के मोबाइल में दिख रहा था।

***

मोहब्बत शहर

डॉ. गौरव यादव

कॉलेज ख़त्म करके नौकरी करते मुझे 6 साल से ज़्यादा बीत चुके थे। इन 6 सालों में ये मेरा पाँचवाँ तबादला था। मुझे जगह बदलने या तबादले से कोई ख़ास फ़र्क़ नहीं पड़ता था, लेकिन जबसे मुझे मेरे पाँचवें ट्रांसफ़र का ऑर्डर मिला था, मैं कुछ परेशान-सा था और उसकी वजह थी मुझे अलॉट किया गया मेरा नया शहर।

मुझे उज्जैन से सागर ट्रांसफ़र किया जा रहा था।

सागर वही शहर था, जहाँ से मैंने अपनी स्नातकोत्तर की पढ़ाई की थी। आज से 6 साल पहले अपनी पढ़ाई पूरी करके शहर छोड़कर जाते वक़्त मैंने बस यही सोचा था कि चाहे जो भी हो जाए, दोबारा इस शहर में नहीं आऊँगा, लेकिन आज जब मुझे नौकरी के लिए यहाँ स्थानांतरित किया गया तो मैं चाह कर भी कुछ कर नहीं पा रहा था। मैंने अपने अधिकारियों से इस बारे में बात करने और मेरा तबादला रुकवा देने की अपील की थी। लोगों को खिलाने-पिलाने को भी तैयार हो गया था, लेकिन इन सब के बावजूद मेरा ट्रांसफ़र कैंसिल न हो सका और आख़िर में मुझे यहाँ आना ही पड़ा।

हालाँकि वो, जिसकी वजह से मैं इस शहर में वापस नहीं आना चाहता था, अब इस शहर से जा चुकी थी और वैसे भी किसी अनजान की वजह से मैं अपनी नौकरी क्यों दाँव पर लगाऊँ, सोचते हुए मैंने उज्जैन से अपना सामान समेटा और सागर के लिए निकल पड़ा।

सागर का नाम याद आते ही मायरा का नाम भी जेहन में आ ही जाता

था। मायरा शर्मा नाम था उसका। हम दोनों डॉक्टर हरी सिंह गौर यूनिवर्सिटी के एमएससी प्रीवियस के स्टूडेंट थे। वो सेक्शन A में थी और मैं सेक्शन B। हमारी क्लासेज अलग अलग होती थी, लेकिन प्रैक्टिकल साथ ही हुआ करते थे। अलग अलग सेक्शन के स्टूडेंट होने की वजह से हम दोनों के बीच कभी बात नहीं हुई थी। वो मुझे अच्छी लगती थी। मेरी कोर्स की क्लासेज भले छूट जाए, लेकिन एक उसे देख पाने के एहसास से प्रैक्टिकल की क्लासेज कभी नहीं छूटती थी। धीरे-धीरे एक मायरा को छोड़कर मेरे क्लास के लगभग हर स्टूडेंट को ये बात पता चल गई थी कि मैं उसे पसंद करता हूँ और ऐसा अक्सर होता है कि जिसे आप पसंद करते हैं, उसे छोड़कर बाक़ी सबको आपके प्यार के बारे में पता चल ही जाता है। वक़्त के साथ मुझे उससे एक दो बार बात करने का मौक़ा मिला भी, लेकिन अकेले में नहीं, बल्कि पूरी भरी क्लास के साथ।

कहते हैं अच्छा वक़्त तेज़ी से बीत जाता है और ये तो मेरी ज़िंदगी का सबसे अच्छा वक़्त था। इसे तो तेज़ी से बीतना ही था और ऐसा हुआ भी। वक़्त अपनी निर्धारित गति की अपेक्षा ज़्यादा तेज़ी से बीतने लगा था। इन तेज़ी से बीतने वालों दिनों में मुझे उससे अपने दिल की बात कहने का मौक़ा नहीं मिला और मुझसे पहले ही किसी ने उसे अपना बना लिया था। कॉलेज में ये ख़बर सबसे पहले मुझे पहुँचाई गई थी। मैंने किसी दूसरे की बातों पे भरोसा करने की बजाय ख़ुद पता लगाने का निर्णय किया और फिर एक शाम एक लड़के के साथ मायरा को बाइक पर जाते देख वो बात कन्फ़र्म हो गई थी। वो लड़का ज़्यादातर मायरा को कॉलेज से ले जाता। अब मायरा प्रैक्टिकल्स के लिए कम ही आती और ज़्यादा समय उस लड़के के साथ घूमने गई होती। मुझे ये बात खलती, मैंने भी क्लास में जाना कम कर दिया था और इस तरीक़े से मेरा कोर्स ख़त्म हो गया। मैं अपने शहर वापस लौट आया और जाते जाते मैंने क़सम खाई की जिस शहर ने मुझसे मेरा प्यार छीना है, उसमें अब कभी नहीं आऊँगा। लेकिन वक़्त का पहिया एक बार फिर मेरे ख़िलाफ़ चला गया और मुझे न चाहते हुए भी वापस उसी शहर आना पड़ा, जहाँ मेरे सूखे हुए घाव एक बार फिर से ताज़ा हो जाने थे।

खैर, मायरा अब इस शहर में नहीं थी। उसने कॉलेज ख़त्म होने के कुछ सालों बाद ही उसी लड़के से शादी कर ली थी और किसी दूसरे शहर सेटल हो गई थी। मुझे इस बात की तसल्ली थी कि कम-से-कम हम दोनों एक शहर में तो नहीं है, वरना ऐसे शहर में साँस लेना जहाँ उसकी ख़ुशबू किसी भी पल मेरी साँसों से टकरा सकती थी, मेरे लिए घुटन भरा हो जाता।

पूरे वाकये को सोचते हुए मैं सागर पहुँच गया था। आज से छह साल पहले की ज़्यादातर यादें इस शहर ने सहेज कर रखी थीं। जैसे इसे भी इंतज़ार था किसी के वापस आने का। चौराहों पर पुरानी हो चुकी इमारतों की टूटी दीवारों से झाँकती ईंट किसी बूढ़े हो चुके शरीर की झुर्रियों के समान प्रतीत हो रही थीं।

उन्हीं पुरानी सड़कों से गुज़रते हुए मुझे ऐसा महसूस हो रहा था जैसे किसी ने एक ब्लैक एंड व्हाइट एल्बम खोल दिया हो और एक-एक करके सब तस्वीरें दिखाता जा रहा हो। अपने हाथ से बैग को सहारा दिए हुए ऑटो के अंदर बैठा मैं चुपचाप उस बीती हुई ज़िंदगी के पुराने पन्नों की ख़ुशबू अपने ज़हन में महसूस करता जा रहा था।

जल्द ही मैं एक नए पते पर था। ये कुछ साल पहले ही तैयार हुई बिल्डिंग थी, जिसके एक फ़्लैट में अब मैं किराएदार के तौर पर रहने आया था। इस बिल्डिंग का पता मुझे मेरे ही ऑफ़िस के एक साथी से मिला था, जो मुझसे पहले इस शहर में काम कर चुका था।

रिक्शा वाले की मदद से मैंने अपना सामान अंदर रखा और उसे पैसे देकर मुक्त कर दिया। घर की साफ़ सफ़ाई और अरेंजमेंट में दिन कैसे बीत गया, पता ही नहीं चला। अगले दिन मैं जल्दी ही तैयार होकर ऑफ़िस चला गया और अपने नए ऑफ़िस में जॉइनिंग दे दी। कुछ ही दिनों में नए साथी बनने लगे थे।

ये जानते हुए भी कि मायरा अब यहाँ नहीं रहती है, शुरुआती दिनों में रास्तों से गुज़रते हुए मैं उसे खोजने की कोशिश करता। लगता कि शायद वो कहीं दिख जाए। वैसे तो मैं उससे कभी न मिलने, उसे कभी न देखने की उम्मीद होने का दावा करता था, लेकिन दिल के किसी कोने में एक छुपी हुई

आस थी कि काश वो एक बार कहीं दिख जाए।

वक़्त के साथ वो आस भी बीत गई थी। कुछ महीनों तक भी जब वो नहीं दिखी तो मैंने मान लिया था कि वो अब कभी नहीं दिखने वाली और अपने नए जीवन में व्यस्त हो गया था।

मुझे सागर आए क़रीब 3 महीने बीत गए थे। एक शाम घर जाने से पहले मैं रास्ते में रुककर कुछ सामान खरीद रहा था और फिर जैसे ही दुकान से बाहर जाने को पलटा, किसी ने मेरा नाम पुकारा था।

"गौतम?" नाम के पुकारे जाते ही मैंने गर्दन घुमाकर देखा।

"गौतम सिंह, सेक्शन B, राइट।" मेरे उसकी तरफ़ देखते ही उसने आगे कहा था।

मैं अब तक उसके चेहरे को बिना कुछ कहे घूरे जा रहा था। मायरा मेरे सामने खड़ी थी। उसके चेहरे में आज भी ठीक वैसी ही चमक थी, जो आज से 6 साल पहले दिखाई दिया करती थी। हाँ, उसके कमर तक लंबे बाल अब पहले से कई गुना छोटे हो चुके थे। सिवाय छोटे गेसुओं के, 6 गुज़रे हुए साल उसमें और कुछ नहीं बदल सके थे।

"कुछ बोलोगे या बस घूरते ही रहोगे।" उसके टोकते ही मैं अतीत से वर्तमान में लौट आया था।

"सा... सा... सॉरी, वो अचानक तुम्हें इतने सालों बाद देखकर समझ ही नहीं आया कि रिएक्ट कैसे करूँ, By the way, how are you?" मैंने हड़बड़ाते हुए कहा था।

"I'm fine, तुम बताओ, तुम कैसे हो और यहाँ कैसे?"

"मेरी जॉब यहीं है, इस समय तो उसी के लिए हूँ। तुम बताओ तुम कब आईं सागर और आजकल हो कहाँ?"

"सारी बातें यहीं खड़े-खड़े कर लोगे?"

"ओह सॉरी, वैसे बग़ल में एक कैफ़े है, चलो वहीं चलकर बातें करते हैं।" कहते हुए मैंने उसके हाथ में थामे हुए प्लास्टिक बैग्स ले लिए थे। उस प्लास्टिक बैग्स में उसके हाथों की गर्मी मौजूद थी। उन्हें पकड़ते हुए ऐसे लगा था जैसे मैंने उसके हाथों को थाम लिया हो।

दुकान से निकलकर हम दोनों बग़ल की कॉफ़ी शॉप में आ गए थे। मैंने दोनों के लिए चाय ऑर्डर की और बातों का सिलसिला एक बार फिर छिड़ गया था।

"तो अकेले आए हो या शादी हो गई?" उसने मेरे सामने वाली कुर्सी पर बैठते हुए पूछा था।

"अकेला ही आया हूँ और फ़िलहाल अकेला ही हूँ, मम्मी ने शादी के लिए कई लड़कियाँ देख रखी हैं और मैं उन्हें ज़्यादा से ज़्यादा इस साल के अंत तक रोक सकूँगा, उसके बाद शायद शादी हो ही जाए। तुम बताओ, रहती कहाँ हो आजकल और क्या करती हो?"

"मैं यहीं हूँ कुछ दिनों से, मम्मी पापा के साथ रहती हूँ। एक कॉलेज है, वहीं टीचिंग करती हूँ। वैसे तुम किसमें जॉब कर रहे हो?"

"नगर निगम में हूँ, उसी में ट्रांसफ़र होकर कुछ महीनों पहले उज्जैन से यहाँ आया हूँ।"

"अच्छा लेकिन सच सच बताओ तुम मुझे पहचान नहीं पाए थे न, और देखो इसमें छुपाने जैसा भी कुछ नहीं है। ज़ाहिर सी बात है हमारी इतनी कोई ख़ास पहचान तो थी नहीं, फिर कैसे तुम मुझे 6 सालों तक याद रख पाते, लेकिन देखो मैंने तुम्हें आसानी से पहचान लिया।" मायरा ने चाय का कप हाथ में लेते हुए कहा था।

मैं बस मुस्कुराकर रह गया, जवाब क्या दूँ, समझ ही नहीं आया।

"चलो अब मैं जाती हूँ, अच्छा लगा इतने सालों बाद किसी पहचान वाले से मिल के, ध्यान रखना अपना।" चाय का ख़ाली कप टेबल पर वापस रखते हुए मायरा ने कहा था।

"ओके यू टू टेक केयर।" कहते हुए मैं अपनी कुर्सी से उठ गया था।

मायरा ने एक मुस्कान दी और बाहर की तरफ़ चल पड़ी। एक बार फिर उसे पाकर खो देने की भावना मेरे दिल में तेज़ी से उठने लगी थी। एक बार खोकर उसे दोबारा देखने में मुझे पूरे 6 साल लग गए थे। जाने फिर कभी उससे मुलाक़ात होगी या नहीं। मैंने उसे आवाज़ दे दी।

"मायरा?"

"हाँ?" उसने रुकते हुए पूछा।

"इफ यू डोंट माइंड, नंबर मिल सकता है तुम्हारा? एक ही शहर में हैं अजनबी रहने की बजाय कभी मिल लेंगे तो अच्छा लगेगा।"

मेरे इतना कहते ही वो कुछ देर मुझे देखती रही, फिर उसने कहा, "श्योर!" और अपना नंबर देकर चली गई थी।

अगले कुछ दिन ठीक वैसे ही झिझक भरे बीत गए थे, जैसे कॉलेज में बीता करते थे। मैंने मायरा का नंबर तो माँग लिया था, लेकिन उसे फ़ोन या मैसेज करने की हिम्मत नहीं जुटा सका था और अगर फ़ोन करता तो कहता भी क्या? वो शादीशुदा थी, उससे मिलने से मुझे तकलीफ़ ही होनी थी। दूसरी तरफ़ मेरे घर वाले भी मेरे लिए लड़कियों की तलाश में थे। ऐसे में किसी दूसरी लड़की के बारे में सोचना और भी बुरा हो सकता था।

मायरा से मिले मुझे क़रीबन 20 दिन बीत गए, जब एक दोपहर मायरा ने कॉल किया।

"यार नंबर तो तुमने जिस तरीक़े से माँगा, मुझे लगा था कॉल कर करके परेशान कर दोगे, लेकिन तुमने तो अपनी ख़ामोशी से परेशान कर दिया, 20 दिन में एक मैसेज नहीं किया तुमने।" मेरे फ़ोन उठाते ही मायरा ने कहा था।

"अरे ऐसा कुछ नहीं है वो बस मैं थोड़ा बिज़ी था और फिर लगा तुम कहीं अपने घर न चली गई हो तो नहीं किया।"

"हम्म! तो मतलब मैंने ग़लत टाइम पे कॉल किया, ख़ाली थी तो सोचा मिल लूँ, लेकिन तुम तो बिज़ी हो।"

"अरे इतना भी बिज़ी नहीं हूँ, बताओ कहाँ मिलना है, आ जाते हैं।"

"उसी जगह, जहाँ पिछली बार मिले थे, आज शाम 6 बजे आ सकोगे?"

"अरे, तुम समझो बस आ गए।" मैंने हँसकर कहा था। उसने भी see you कहते हुए फ़ोन रख दिया।

फ़ोन रखते ही मैंने घडी पर नज़र डाली। शाम के 4 बज रहे थे। पूरे 2 घंटे थे बाक़ी थे मायरा से मिलने जाने में। मैंने कैसे भी करके एक घंटा काटा और फिर 5 बजते ही ऑफ़िस से निकल गया।

कुछ ही देर में मायरा आ गई। आज वो ठीक वैसी ही दिख रही थी, जैसे

कॉलेज के दिनों में दिखा करती थी। हम एक बार फिर बातों में लग गए थे। हम दोनों ने ही नहीं सोचा था कि एक दिन इस तरीक़े से सालों बाद मिल के हम बातें कर रहे होंगे।

"मायरा, वैसे एक बात पूछूँ?" मैंने कुछ देर बाद कहा।

"हाँ पूछो।"

"तुमने बाल क्यों काट दिए? तुम्हें पता है न कॉलेज में तुम्हारे बाल तुमसे ज़्यादा फ़ेमस थे।"

"बस ऐसे ही कोई ख़ास वजह नहीं। तुम अपना बताओ, शेव क्यों बढ़ा रखी है, किसी के प्यार में बढ़ाई है या फैशन में?"

"हा हा हा... वैसे ये न तो प्यार की निशानी है और न ही फ़ैशन की। बस ये समझो कि आलस है।" मैंने सच छुपाने की पूरी कोशिश करते हुए जवाब दिया और कहा, "वैसे अभी कुछ दिन तो रुकोगी न यहाँ?"

"हाँ, अभी तो हूँ।" उसने बिना मेरी तरफ़ देखे बताया।

"वैसे मायरा माफ़ करना, मैंने कितना कुछ पूछा, लेकिन ये पूछना भूल गया कि रहती कहाँ हो तुम?"

"बताया तो था कि यहीं रहती हूँ।"

"अरे वो तो आजकल यहाँ हो न, वैसे कहाँ रहती हो? मेरा मतलब है हसबैंड के साथ कहाँ रहती हो?"

मेरे इतना कहते ही उसने कोई जवाब नहीं दिया और फिर धीरे से बोली, "अब मैं उसके साथ नहीं रहती।"

"उसके साथ नहीं रहती मतलब?"

"मतलब की हम अब साथ नहीं हैं, कई साल बीत गए मुझे उससे अलग हुए, तब से यहीं रहती हूँ मम्मी-पापा के घर में। ख़ुद का खर्च चलाने के लिए जॉब करती हूँ।" उसने नज़रें नीचे करते हुए बताया था। उसकी बात सुनकर मुझे समझ ही नहीं आया कि जो मैंने सुना, वो सच है या उसने कहा कुछ और है, लेकिन मैंने सुना कुछ और है।

"I'm sorry मायरा! मुझे पता नहीं था।"

"अरे, तुम क्यों सॉरी बोल रहे हो? और ग़लती मेरी थी तो सहना भी मुझे

ही पड़ेगा न?" कहते हुए उसकी आँखों में आँसू तैर आए थे।

"वैसे अगर प्रॉब्लम न हो तो अलग होने की वजह पूछ सकता हूँ?" मुझे डर था कि अगर वो कुछ देर और चुप रही तो रो देगी, इसलिए मैंने उसे कहीं और व्यस्त कर देने के लिहाज़ से पूछा था।

उसने टिश्यू पेपर से आँसू पोंछ उसे मुट्ठी में भींचते हुए कहना शुरू किया, "जानते हो गौतम, इतने सालों में मेरे अलग होने की वजह मैंने किसी को नहीं बताई। मम्मी-पापा को भी नहीं, लेकिन जाने क्यों आज लग रहा है तुमसे सब कह दूँ। शुरुआत में किसी से ये बात कहने से डर-सा लगता था। कोई मुझे दया की नज़रों से देखे यह सोचकर ख़राब लगता था। लेकिन अब, जब ये बात मेरे मन में रह गई है तो लगता है कि किसी से कह दूँ। पर इतने सालों में लोगों ने इसके बारे में पूछना ही बंद कर दिया तो मन है कि तुमसे सब सच-सच बता दूँ। मैंने जिससे शादी की थी, उसे तो तुम शायद जानते ही रहे होगे और शायद ये भी जानते रहे होगे कि वो एक बड़े घर का हैंडसम लड़का था। उस पर न जाने कितनी लड़कियाँ मरती थीं, न जाने कितनी लड़कियाँ उसकी दोस्त थीं। उसको हर दिन जाने कितने लड़कियों के फ़ोन आते थे, कितनों के मैसेज आते थे, लेकिन मुझे इस बात से कोई परेशानी नहीं थी। आपका पार्टनर ख़ूबसूरत हो, लोग उसे पसंद करें, किसको अच्छा नहीं लगता। मुझे भी लगता था। शादी के बाद मैं उसके साथ कई महीनों तक रही। शादी के बाद भी मुझे उसके इस स्वभाव से कोई परेशानी नहीं थी, लेकिन शादी के बाद वो मुझे अपने घर तक सीमित रहने वाली बीवी समझने लगा था। उसे मुझसे ज़्यादा वक़्त दूसरी लड़कियों के साथ बिताना होता था। घर पर वो किसी-न-किसी से बात करते रहता। मैंने जैसे-तैसे करके इसे भी नज़रअंदाज किया, लेकिन हद तो तब हो गई जब एक दिन मुझे ये बात पता चली कि उसने मुझसे पहले भी एक लड़की से सगाई की थी और फिर शादी नहीं की। सगाई टूटना आम बात है, लेकिन बुरा ये लगा कि उसने मुझे ये बात छुपाई। मेरे पूछने पर उसने साफ़ तौर पर कहा कि मेरी यही लाइफ़स्टाइल है, मैं इसे नहीं बदलने वाला। शादी के पहले मैं जैसे जीता था, वैसे ही जीऊँगा। तुम्हें ये सब तब सोचना था, जब तुम मेरे साथ कॉलेज में घूमा करती थी। मैंने

ग़ुस्से में कहा कि ऐसे हालात में मैं उसके साथ रह नहीं पाऊँगी और अलग हो जाऊँगी। उसने कह दिया कि वो वैसे भी मुझसे शादी करके ख़ुश नहीं है और दिल से चाहता है कि मैं उससे अलग हो जाऊँ। मैं अगले दिन अपने घर आ गई और फिर 4 सालों में उसने मुझसे कोई संपर्क नहीं किया। मैं ग़लत थी। मैंने एक ऐसे लड़के से शादी कर ली, जिसके लिए मैं कोई मायने नहीं रखती थी। उसकी ज़िंदगी में तो बहुत लड़कियाँ थीं, उसे मेरी कमी कभी खली ही नहीं। बस मुझे ये बात खलकर रह गई कि मैंने उसकी ख़ातिर अपने कई अच्छे दोस्तों से किनारा कर लिया था। मैं जानती हूँ गौतम तुम भी मुझसे नाराज़ थे अमित से शादी करने की वजह से। मैंने देखा था तुम्हें कॉलेज में, मुझे इग्नोर करते हुए, और सच कहूँ तो तुम्हें इतने सालों बाद यहाँ देखकर मैंने सिर्फ़ इस वजह से ही रोका था कि मैं तुम्हें सॉरी कह सकूँ। बहुत से लोगों से कहने की कोशिश की पर कभी हिम्मत नहीं कर पाई और आज शायद तुम ये बात न छेड़ते तो तुमसे भी न कह पाती। I'm sorry, गौतम!" कहते हुए उसकी आँखों से आसुओं की एक लकीर बह चली थी।

मायरा की बातें सुनकर मैं हैरान था। उसने कॉलेज में मेरा उसे नज़रअंदाज़ करना महसूस किया था तो फिर शायद उसने मेरी आँखों में उसके लिए प्यार भी ज़रूर महसूस किया होगा। मैं सोचने लगा कि क्या मुझे उससे अपने दिल की बात कहनी चाहिए? क्या ये सही वक़्त और सही जगह होगी ये बताने के लिए कि मुझे उससे प्यार है?

कुछ देर तक सोचने के बाद मैंने कहने की कोशिश की।

"मायरा तुमने दोबारा कभी शादी का नहीं सोचा?"

"नहीं। मम्मी कहती हैं कि अगर मैं वापस उसके पास नहीं जाने वाली तो मुझे शादी कर लेनी चाहिए, लेकिन मैंने ख़ुद से नहीं सोचा। एक बार शादी करके देख चुकी हूँ, दोबारा किसी पर शायद भरोसा नहीं कर पाऊँ।"

"मायरा तुम्हें पता है लोग कहते हैं कि अगर कोई ऐसा मिल जाए, जिसका दिल टूट चूका हो तो उसे जाने नहीं देना चाहिए, क्योंकि जिसका दिल टूट जाता है वो फिर किसी का दिल नहीं तोड़ता। उन्हें प्यार की अहमियत पता होती है, तुम भी किसी ऐसे से क्यों नहीं प्यार करके देखती, जिसका तुमने

कभी दिल तोड़ा हो या फिर कोई ऐसा, जो आज भी तुमसे प्यार करता हो?"

मेरी बात सुनकर वो थोड़ा-सा मुस्कुरा पड़ी। उसकी आँसुओं से भरी आँखें चमक उठी थीं। फिर उसने कहा।

"अब ऐसा कोई कहाँ खोजने जाऊँ, जिसका मेरी वजह से दिल टूटा हो?"

"कोई तो होगा, हो सकता है कॉलेज में रहा हो, तुम्हें किसी ने बताया होगा कि एक लड़का है, जो तुम्हें पसंद करता है। याद करो, ऐसा था कोई?"

"गौतम मत करो ऐसा। एक शादीशुदा लड़की से प्यार करके कुछ हासिल नहीं कर सकोगे। मैं जानती हूँ कि तुम ख़ुद के लिए कह रहे हो और ये भी जानती हूँ कि तुम मुझे कॉलेज में पसंद करते थे। कॉलेज ख़त्म होने के बाद जब मैंने अमित से शादी कर ली थी और फिर परेशान रहने लगी थी तो मैं अपने दोस्तों को कॉल करती थी। उनमें से मेरी एक सहेली ने बताया था तुम मुझे पसंद करते थे, लेकिन फिर अमित की वजह से तुमने मुझसे किनारा कर लिया था। मैं जानती हूँ मैंने तुम्हारा दिल तोड़ा था और सच कहूँ तो उसी के लिए माफ़ी माँगने को तुम्हें आवाज़ दी थी। इतने सालों बाद तुम्हें देखकर कितनी ख़ुश हुई थी मैं बता नहीं सकती, लेकिन तुमसे जुड़कर तुम्हें कुछ दे नहीं पाऊँगी।"

"हम्म! अब अगर मेरा सच तुम जान ही चुकी हो तो फिर पूरा ही जान लो और फिर तय करो कि करना क्या है तुम्हें। यू नो मायरा इन 6 सालों में मैं एक दिन भी भूल नहीं पाया तुम्हें, पिछले 3 महीनों से हर दिन हर सड़क में तुम्हें खोजने की कोशिश करता था। जब मेरा ट्रांसफ़र हुआ तो मैं यहाँ आना नहीं चाहता था, ट्रांसफ़र कैंसिल हो जाने के लिए कई प्रयास भी किए, लेकिन ये भी मन्नतें माँगता कि ट्रांसफ़र कैंसिल न होने पाए। जल्द से जल्द भागकर यहाँ आना भी चाहता था सिर्फ़ तुम्हारे लिए। मैं तो सिर्फ़ एक बार तुम्हें देखने आया था यहाँ और शायद मेरा प्यार ही था या मेरे प्यार की परीक्षा थी, जो 6 सालों तक चली तुमसे अपने दिल की बात कहने के लिए और फिर इस तरीक़े से हम मिले। मैं तुमसे शादी करना चाहता हूँ मायरा। मैं वादा करता हूँ मैं तुम्हें कोई तकलीफ़ नहीं होने दूँगा। तुम्हारी ज़िंदगी के पिछले 6 साल

मैं वापस तो नहीं कर सकूँगा, लेकिन वादा है हर दिन उन 6 सालों से बेहतर बीतेगा तुम्हारा।" मैंने उसकी आँखों में देखते हुए कहा था।

उसने मेरी बातें सुनीं, लेकिन कुछ भी जवाब देने से पहले थोड़े वक़्त की माँग की। मैंने उसे आराम से सोचकर जवाब देने का कहा और उठकर वापस आ गया। कई दिनों तक मायरा का कोई जवाब नहीं आया। न कोई कॉल, न कोई मिलने आने की इच्छा। मैंने मान लिया था कि मायरा एक बार फिर मेरी ज़िंदगी से जा चुकी है और वापस अपनी लाइफ़ में जीना सीखने लगा था।

एक दोपहर मायरा का कॉल आया। उसने मुझे फिर से मिलने बुलाया था, लेकिन किसी कॉफ़ी शॉप में नहीं, बल्कि अपने घर में, ताकि मैं उसके मम्मी-पापा से हमारी शादी की बात कर सकूँ।

***

कहानियाँ के बारे में

'कहानियाँ' (kahaniya.com) वह मंच है जहाँ कला का दर्शकों और अवसरों से मेल होता है। कहानियाँ की प्रकाशन शैली में नयापन, छोटे भुगतान और सामाजिक संबंध, लेखकों को अतिलघु, लघु और सिलसिलेवार उपन्यास लेखन की विभिन्न शैलियों के साथ प्रयोग करने का अवसर देता है। गहरा विश्लेषण, सामाजिक संबंध लेखकों को प्रशंसकों का एक समर्पित आधार तैयार करने का अवसर देता है, जो हर नई कहानी के साथ स्वयं ही सक्रिय होता जाता है।

पाठकों के लिए, कहानियाँ कभी न ख़त्म होने वाला एक विशाल जंगल है जो कि नये लेखकों और अद्‍भुत पठनीय सामग्री को उनकी उँगलियों पर ले आता है। कहानियाँ के पाठक आने वाली बड़ी कहानी, पुस्तक या फिल्म की संभावना भी तय कर सकते हैं।

कहानियाँ के विस्तृत मंच- क्विल, कनेक्ट और लॉन्चपैड लेखकों को विश्वसनीय और पेशेवर रूप से प्रबंधित सेवाएँ प्रदान करते हैं, जो उनको स्वयं प्रकाशित करने में, पुरानी स्थायी प्रकाशन कंपनियों द्वारा प्रकाशित किए जाने में और अपनी कृतियों की वास्तविक क्षमता का मूल्यांकन करने में सहायक होते हैं। इससे फिल्म निर्माताओं तक पहुँचने में आसानी होती है।

प्रकाशकों, फिल्म निर्माताओं, ब्रांड आदि कलात्मक सामग्री वाले मंचों के लिए, कहानियाँ भारत के दिल से नई उभरती प्रतिभा का मूल स्रोत है।

कहानियाँ लॉन्चपैड

कहानियाँ लॉन्चपैड, जिसने इस पुस्तक को संभव बनाया, होनहार लेखकों की नामी प्रकाशकों से पुस्तक अनुबंध हेतु संबंध स्थापित करने में सहायता करता है। कहानियाँ लॉन्चपैड के विषय में और अधकि जानने के लिए इसकी वेबसाइट https://kahaniya.com/ पर जाएँ।